思의 自由와 實의 必追

－ 생각의 자유와 노력하면 열매를 맺는다 －

思의 自由와 實의 必追

1판 1쇄 발행   2024년 6월 10일

지은이　　　김재흥
발행인　　　이선우
펴낸곳　　　도서출판 선우미디어
　　　　　　등록 | 1997. 8. 7 제305-2014-000020
　　　　　　02643 서울시 동대문구 장한로 12길 40, 101동 203호
　　　　　　☎ 2272-3351, 3352 팩스: 2272-5540
　　　　　　sunwoome@daum.net　　greenessay20@naver.com
　　　　　　Printed in Korea ⓒ 2024. 김재흥

값 13,000원

ISBN 978-89-5658-763-9 03810

청 춘 시 대 묵 상 록

思의 自由와 實의 必追

－생각의 자유와 노력하면 열매를 맺는다

김재홍 지음

선우미디어

작가의 말

　이제 70 중반의 내 인생 뒤안길에서 20대의 젊은 시절을 돌아보면서 고마웠다는 생각을 합니다.

　태어나서부터 6·25의 처절한 삶에서 아버지를 잃고 편모슬하에서 어머니의 고생하심을 낱낱이 보며 살았기에 꼭 성공해야한다는 것을 가슴에 새겨 살았던 것 같습니다.

　우리 시대 젊은이들의 꿈은 잘사는 한국을 만드는 것이었지요. 고생, 고통 모두를 얼싸안고 맡겨진 삶 속에서 모두 열심히 살았지요. 그러기에 오늘의 한국이 되었으리라 믿습니다.

　내 인생의 뒤안길에서 새삼 느낍니다.

　비행기표까지 월부로 구입하여 미국에 이민 왔습니다. 그런 내가 오늘에 이르도록 나의 삶을 가꾸어 주신 주님께 감사드립니다.

　모두 당신의 베풂이 있었기에 건강히 열심히 살았다고, 님의 부르심이 있는 그 날까지 당신과 함께 열심히 살 것을 약속드립니다.

이민 와서는 이 글들의 존재조차 잊고 살았습니다. 젊은 날 노트에 써놓은 글을 읽으면서 청춘 시대의 저와 반갑게 해후할 수 있었습니다. 오랜 세월 잘 보관해준 아내가 무척 고마웠지요.

미국 이민 온 후 갖은 시련 속에서 오늘의 삶을 이루도록 함께 한 아내와 우리 가족에게 감사하며 모두를 건강히 지켜주신 주님께도 감사드립니다.

출판을 맡아주신 선우미디어에도 진심으로 감사드립니다. 모든 분께 주님의 축복이 듬뿍 내리기를 기도드립니다.

2024년 6월
김재홍

차례

1968_ 또다시 또다시

1969_ 푸르르고 싶은 시절

1970_ 붉은 태양의 서광 속에

시&수필 가로수

1968
一

또다시 또다시

1

산다는 것
빈말이지

또다시 또다시

찾다가 만 단어인 것 같다
매번 생각하고 느끼고 각오할 때마다

그렇지만 하나같이 똑같았지
이번에도 또?
지겹다고 말하고 싶을지 모르겠다

하지만 잃고 싶지 않은
빼앗기고 싶지 않고
후회하기를 원치 않기에…
얼마나 우매(愚昧)했던지
깨닫고, 생각하고, 느끼었기에
정말이지 또다시
이렇게 적어보오

더 이상은 미련하지 말자고
다음부터는 좀 더 새로워 보자고
일각일각 깨닫기에 힘써 보자고
텅 빈 것을
그대로 버려두지 말자고

끝으로 하나는 나도 남자이라고.

1968. 10. 28.

1968년 10월 31일 (목) am3

정말 힘들구나
자기의 의지(意志)대로 일관한다는 것이다
아침에는 야옹, 저녁에는 멍멍
이쯤 되면 기회주의자(機會主義者)라 칭해도
일류(一流)는 될 것 같다

정말 오래간만이다
이렇게 앉아 보기도
옛날에는 그래도 의지 하나는 강(强)했는데
지금(至今)은 힘이 없나 꿈을 잃은 탓일까?

못난 놈은 역시(亦是) 못난 짓밖에 할 수 없는 모양이구나
뻔히 알고 있으면서도 그래도 탈피(脫皮)치 못하는 것은
아편중독인가, 알콜 중독일까?
이제는 교수들과 나는 완전히 별개의 인간
이 정도면 재홍이의 독학 실력 및 자질(資質)은 충분한 편
열심(熱心)히도 하더군.

그 녀석들은

14

사람은 무엇보다도 진(眞)에 살고 선(善)에 젖어
미(美)를 찾는 것이어야 할까

나도 모를 소리는 그만두자
시험도 며칠 안 남았다
착실(着實)한 노력(努力)이 필요(必要)할 것 같은데
코 고는 소리만 없었다면
정말 고요한 밤이요
내가 성(聖)스러운 분이었으면
진정 Holy night이었을 것을…

도야지에게 진주를 던지지 말라고
잘난 인간이 되어 보고 싶은 욕망(慾望)은
지각(知覺)이 있건 없건 생각하는 인간이라면
누구나 갖고 있는 것일 게다

너무나 공상(空想)에 빠지는 것도 좋지 않지만
그래도 사나이라면 남 못지않은 꿈이 있어야 할 게다.
이제는 헌신짝만 한 인간도 못 되는 것 같은 느낌

누구나 갖고 있는 그런 꿈이나 포부조차도 갖지 못한
그런 인간이기에 말이다

잃어버린 자신(自身)을 아쉬워했지,
새로운 자아(自我)를 찾을 마음의 여유를 갖지 못했다
철없이 뛰놀며 속절없이 흘려보낸 세월아
어디가 너를 찾아보리
역시(亦是) 못났군
임자 없이 혼자 밤을 지새운 형광등이 기운에 지쳐
우는 듯하구나

이제부터는 또다시 짖지 않는 개, 울지 않는 뻐꾸기
울지 않는 재흥이가 되어 보련다

Ideas are true, if they work.

Ideas are true,
if they work.

좌우명(座右銘)

"싸우자, 그리고 이기자."

생각을 가지고 매사에 임하고
좀 더 무게 있는 인간이 되도록…

모든 것은 계획을 먼저 철저히
그리고 목표를 향해

모든 것과 싸우자, 그리고 이기자

먼저 자신(自身)의 거짓된 마음과 싸우고
모든 난관을 이기자

1968. 10. 31 새벽

1968년 11월 1일 am 5시

아! 먼동이 트는구나
이제야말로 68년(年)의 아듀(adieu)도 달력 한 장뿐
진정 힘든 세상이다.
그놈의 잠이 무엇이기에 그렇게 이겨내기가 힘든지
정말 잠 때문에 신세 망칠 지경.

하지만 이제는 한 시간,
30분이라도 아끼고 선용해야겠다는
변명 아닌 변명을 해 본다.

새벽의 여명.
인간은 항상 무엇인가를 밝힐 때
야릇한 쾌감에 젖는지 모르겠다.
비록 공부할 시간을 갖지는 못했지만 기분은 좋다.
밝아옴을 지켜볼 수 있기 때문일 게다.
오늘이 달 초.
이번 달부터는 마음을 고쳐먹고 속 좀 차려야겠다.
무엇이든 속이 좋아야 한다고.

끈질긴 집착심을 키워 굵직한 결실과
차분하고 가라앉은 분위기 속에 나를 키워보자
머지않아 백설(白雪)이 떨어질 때
가냘픈 감상의 청년이 아니라
좀 더 이성적으로, 또 남아로서 기쁨을 찾아볼 수 있기를
차근차근히 그리고 끈기 있게….

Thinking is doing. – Socrates
사고(思考)는 행(行)하는 것이다.

Thinking is doing.
– Socrates

1968년 11월 2일 (토) 새벽

조용함과 창밖의 암흑
잠속에 잠겨버린 이 시간에 책상에 기대
이불을 뒤집어쓰고 있는 나는
과연 어디서 어떻게 왔다는 것일까!
내가 오고 싶어서 온 것도 아니요,
내가 싫어도 가야 할 이 육신으로서의 재홍이는 과연?

어제 철학 시간에 실존철학(實存哲學)에 대해 배웠다.
아직 나 자신이 깨달아 낸 것은 없지만
인간의 본질을 찾겠다는 것이 왈(曰)
실존철학가들의 과제(課題)인 듯싶다.

"나"
그 무엇과도 같을 수 없고 무엇과도 바꿀 수 없는 것.

현 사회에서의 자아(自我)의 상실(喪失)
진정 안타깝고 쓸쓸한 미소(微笑) 속에.
진정 이 김재홍이는 무엇인지,

무엇을 나라고 결정 지을 만한
그 무엇을 찾지 못하겠다.

어쩌다 이렇게까지 내가 왔는지
어디에 있는지를 깨닫지 못하는 것이다.

20년이라는 긴 세월을 거품같이 사라져 버리게 하고만
이 못난 인간의 발길은 정녕 어디로?

이대로 호흡을 계속해 스러지는 것이 싫을 진데
그것에서의 탈피(脫皮)만이 방법(方法)일 게다.

진정 '나'를 찾자.
지금까지 잃었던, 잊었던 나를 찾자.

망각(忘却)

정말 내 마음 괴롭더군
잊으려면 완전히나 잊힐 것이지
왜 또 내 눈앞에 나타나 쓰라림을 맛보게 하는지 모르겠다.

역시(亦是) 고독이 병이었을 게다.
외로움이 몸에 밴 탓으로 사소한 일에도 마음이 흔들리고
좀처럼 평정을 찾지 못하는 것이다.
글쎄 고독을 이기는 방법을 찾아낼 수밖에 없지 않을까?

이제는 깨진 독이요 조각난 거울이다.
더 이상 미련을 갖고 왈가왈부 nonsence이다.
좀 예리(銳利)한 자아의 비판(批判)이 따라야 하겠다.
못된 짓의 종말.

어제는 시험공부 관계로 상륙(上陸)도 못 했는데
공부는 하나도 하지 못했다.
쓸데없는 짓이요, 허망한 일들이다.

무엇보다도 나를 키우고 나를 인식(認識)하기에는
그리고 고독이란 병을 이기려면은
무엇엔가 마음을 집중시켜야겠다.
매일같이 시간 시간마다 괴로움에 젖고 회의를 품고
먼저 필요한 것은 굳은 의지와 끈기일 게다.
남에게서 무엇을 기대해 보는 것이
가장 큰 나의 실책인 것 같다.
오늘만 하더라도 남을 믿고 잔 것이
그만 이렇게 시간이 흘러가고 만 것이다.
정녕, 나를 위해서 할 일이 무엇인가를 생각할진저.

적막을 깨뜨리고 통통선의 숨 가쁜 기폭만이
귓전에 들려온다.
저 작은 몸체로 그리 넓고 깊은 바다 위를
암흑 속에 더듬는다.
그들에게도 목적(目的)한 바가 있기에
정말 불철주야(不撤晝夜)하고 저리도 바쁜 것이다.

되돌이켜 생각하면 정말 미련한 놈이었지.
비록 지금은 그들의 재력이 부족해서
그렇게 작은 똑딱선에 몸을 싣고 목숨을 맡기었지.
그네들은 지금 누구보다도
승리의 길에 힘껏 가까이 가 있는 것 같다.
　모두가 잠들어 있는 이 시각에 그네들의 처자를 위해 짓궂은
생명의 연장을 위해 단잠을 떨구고 싸늘한 바닷바람에 몸을 여
미며 그들의 일에 전념하고 있는 것이다.

　이것이 세상일 게다.
　너무나도 일의 결과는 명약관화(明若觀火)한 것.

　어제 하영이가 '고생 끝에 낙'이란 말에
유치(幼稚)한 진리라는 딱지를 붙였다.
　자식, 정말 멋있는 말을 했지.
　그래도 생각은 깊다.
　저도 몹시 고민은 하고 있을 게다.
　역시 우수의 인간이기에 더 이상 괴로워할 이유도 없을 게다.
유치(幼稚)한 진리(眞理)?

알 수 없는 일이지.
달 세계 정복의 꿈이 나날이 현실화하는
지금 이 세대에서야
어딜 함부로 중고품이 설쳐?

1968. 11. 3(日) am 5시

1968년 11월 4일 (월)

이른 새벽인데도 침실의 문 여닫는 소리가 자주 들려온다.
오늘부터 시작되는 시험공부에 열중한 학우들의 것이다.

나 역시 요즈음이 시험이기에
이렇게 조용한 어둠의 적막과 벗하게 된 것이니까
동료들의 처지도 이해가 된다
하지만 정말 귀하고 귀한 시간이요,
생각할수록 허술히 보내진 지난날들이 아쉬워진다.

어제는 모처럼 맑은 날씨이었다.
중식 후에 해변에 나갔다가 뜻하지 않은 수영을 하게 됐다.
하지만 물이 차가운 줄은 모르겠더군.
출생 신고 후 11월에 바닷물에 수영해보긴 처음.
서울 친구들이 들으면 놀랄 일이다.

이렇게 일요일이면 정말 외로운 감상에 젖기가 일쑤다.
사실 따지고 봐야 별것 없는데
사람의 마음이란 정말 이상하다.
진정 조물주의 조화는 알고도 모를 것만 같다.

그까짓 것들이 무엇이기에 있어도 좋고 없어도 좋은 것을
나도 모르는 사이에 벌써 눈길은
그쪽으로 쏠리고 마음도 빼앗겨지는 것이 상례(常例)이다.

내 처지와 나 자신의 부족(不足)함을 돌이켜 생각하면
너무나도 가소(可笑)로운 일인 것만 같다.
정말 주제넘은 짓은 그만두기로 하자.
벌써부터 깨달아온 나 자신의 못남을
또다시 재연시키지 않을 생각이라면
빠른 시일에 재흥이의 모든 것을 원숙히 키워야 하겠다.
모든 일에서든지 말이다.

1968년 11월 5일 (화)

벼락같이 일을 해 나가려니 정말 벅차다.
평소(平素)에 좀 해 두었으면
이렇게까지 부산을 떨지 않아도 좋을 텐데.

확실히 모든 일은
긴박한 처지에서만이 능률이 오르는 것 같다.
전에는 아무리 읽어도 머릿속에 들어가지 않던 것이
이렇게 막상 형편이 긴박해지니까
머리도 잘 돌아가는 것 같다.
평소(平素)에도 이 정도의 level을 유지할 수 있다면
모르긴 몰라도 꽤 우수한 학생이 될 수 있을 게다.

이것을 계기로 앞으로는 좀 더 착실하고
알찬 생활을 하도록 해야겠다.

요즈음에는 편지라고는 받아보기가 힘들다.
Out of sights out of mind.
아무리 그렇기로서니 이렇게까지 될 수 있을까 싶다.
내가 알아 온 사람 중에

진정 나에게 관심을 갖는 자(者)는 없다고
생각하는 것이
옳은 일일 것이다.
모두가 내가 부족(不足)하고 모자란 탓일 게다.

나도 알다시피 진정 텅 빈 머릿속을 가득 채우고
좀 진실한 인간이 되어 남 앞에 나서서 뒤지지 않을 때까지
교분(交分)을 갖지 않겠다.
앞으로 몇 년이 걸릴지도 모르겠지만
이제 이 시작부터는
어떤 일이 있더라도
내게 필요한 모든 것을 얻도록 노력하겠다.

진정한 재흥(在興)이의 모습을 찾아서 말이다.

Out of sights out of mind.

1968년 11월 6일 (수)

창밖에는 거센 바람이 몰아치고 있다.
바람 탓인지 날씨가 춥다.
이제는 제법 겨울 행세를 하려는 모양인 것 같다.

어제 누나가 보내준 3,000원 찾았다.
구두를 맞춰 신으라고 보내줬지만 어디.

앞으로 한 달 남짓이면 방학인데 정말 야단이다.
방학 전까지는 모든 금전 계산을 끝맺음해야겠는데
무작정 쓰다 보니 적자(赤字)가 이만저만이 아니다.
이제부터는 절약(節約)해서 살아야만 하겠다.

오늘로써 11월 중간고사도 끝난다.
아직까지 완전히 준비를 끝낸 것은 하나도 없는 형편
이러고도 공부를 하는 학생이라 할 수 있을지 정말 의문이다.
정말 냉수(冷水) 먹고 속 차려야 할 때가 아닐까 생각한다.
집에 돌아갈 때 즐거운 기분으로 돌아가기 위해서도 말이다.

세상만사를 모두 신중히

그리고 계획성 있게 해 나아가야 할 것이다.

좀 더 주도면밀한 나 자신의 생활계획을 가져야만 하겠다.

무엇보다도 남자가 되어야 하겠고 그러기 위해서

강한 의지를 키우고, 건전한 몸과 마음으로

끊임없는 노력을 하여

나의 원하는 바를 성취해야만 하겠다.

좀 더 꿋꿋하게 그리고 강하게 나 자신을 이끌어 나아가

새로운 재흥(在興)이를 만들어 보자.

1968년 11월 7일 (목) 맑음

인간(人間) 마음의 간사스러움
정말 간사한 것은 어쩔 수 없는 인간의 약점인가 보다.
두서너 시간에 굳게 마음먹었던 것이 잠시 후에는
그 모양을 완전(完全)히 바꾸어 버리는 것이다.
인간사(人間事)가 그러한 속에서 이루어졌을 것이니
두 번 다시 이야기할 필요(必要)가 없을 것이다.
모레면 물리(物理) 추가 시험이 있는데도
이렇게 마음은 편하다.
아니 무감각하며 또 구태여 그것을 잊으려고 애쓰는
무이득(無利得)한 짓을 하는 것이다.
그러기에 인간은 인간이지 그 이상의 아무 것도 아닌 것이다.

닉슨, 미(美) 대통령(大統領)에 당선
세상이 떠들썩하건만 내 마음속에서는
오로지 그 사람 참 기쁘겠구나 하는 생각뿐이다.
그야말로 무감각한 내 심정이다. 진정 철판 심장이다.

모든 것이 텅 빈 내 머릿속의
정서(精緖)의 부족(不足)에서 이리라

안타까운 것은 이러한 현실이
하루속히 부서져지지 않는다는 것이다.
내 마음 같아서는….

세월은 정말 막대(莫大)한 변화를 가져다주는 것인 것 같다.
사실 따지고 보아야 종이 한 장 차이밖에 되질 않지만
모두 변해갔다.
슬퍼해야 할까? 혹은 쌍수로 환영해야 할까?

친구를 잘 골라 사귀라고
역시 이곳 생활에서는 몹시도 중요한 글이옵니다.
진정(眞情)한 의미(意味)의 친구(親舊)란
과연(果然) 어떠한 것일는지.
흐르는 세월이 밝혀주겠지.

1968년 11월 8일 (금)

아차 하는 때에 정말 걷잡을 수 없는 일들이 벌어지더이다.
아시는지 인간사의 형성 과정(課程).

타는 듯한 격(激)한 감정(感情)의 소유자가 아닌 자(者)
진정(眞情) 그때는 단지 생각, 마음뿐인가 보구려.
누구보다도 강한 체하던 당신의 자부(自負)는
정말 우습지도 않구려.
멀리 해변에 부서지는 파도 소리 은은하고
맞대 있는 형광등의 희미한 전구는
가쁜 숨길에 허덕이는구려.

그럴라치면 당신은 무엇 때문에 무엇을 위해
어떻게 살까를 정녕 모르나 보오.
하지만 간 날들의 것은 한낮 지껄임이었을는지
못하오, 못하오, 어찌 그리할 수 있겠소.

싸워 보시지예, 견뎌 보시소, 노력해 보입시더.
암, 옳은 이야기지. 그럼. 그래야지.
힘써 다투어 보리라.

숨 막히는 허덕임의 세월 속에 탓할 것은 나.
그 얄팍한, 간사한 마음이어라.
진정코 맹세하노니 당신의 그 아량(牙量) 있는
폭넓은 가슴에 앞으로는 정말 그리 안 하오리라.
살고 싶은 마음이면 이제부터는 어찌할 도리가 있겠소.
누구는 하루에 2시간 또 하씨(何氏)는
4시간의 수면 속에 살았다 하더이다. 해봅시다.

1968년 11월 9일 (토) 눈

몹시 쌀쌀하더니 부산에서는 좀처럼 오지 않는
눈이 잠깐 내렸었다.
올겨울 들어 첫눈이라나.
덕택에 하영(河泳)이 등기와 나의 적은 돈마저
다소 쓰고 말았다.
철균 집에서 자다.
음식점, 당구장, 다방을 거쳐 동래 철균 집으로.
다방의 종업원이 서울 여자 대학생들이라고.
내가 자라난 곳인 탓인지
그래도 약간 가까워진 듯한 감(感)도 있었다.
왜 서울을 떠나 이곳에 온 것일까?
허튼수작은 집어치우자.

친구 집에서 자보기는 부산 온 후 처음인 것 같다.
섰다 짓고땡 물주 잡기 등 화투 놀이와 소주, 포도주까지 등장

찬 방에서 자는 덕택으로 영(泳)이와 꼭 붙안고 잤지.

1968년 11월 10일 (일)

연이은 맹(猛)추위였다.
추위와 영(泳)이 등쌀에 잠을 자지 못한 탓으로
눈이 꽤 쓰렸었다.
10시(時)에 기상(起想)과 더불어 아침 식사.
쌀밥 맛 좋더군. 정성이 듬뿍 담겼더군.
동래의 자연을 즐기고팠지만 강풍(强風)과 추위로 약(略)

San Cevastian을 관람(觀覽).
멋있더군.
앤서니 퀸의 빈틈 없는 사나이의 멋에는
어쩐지 인간(人間)의 살아야 할 방법과
그 신념(信念)이 역시
그 누구에게나 사람이라면 가져야겠다는 것을 느꼈다.
달갑지 않은 일일지라도 한번 마음먹으면
꿋꿋이 행(行)해 나가는 의지(意志)와 투지.
정말 필요(必要)한 것일 게다. 그것을 갖도록….
속일 줄 모르는 순박(純朴)한 마음,
사랑에 굴하는 애감성(愛感性),
은혜를 저버리지 않고 생사고락(生死苦樂)을 달게 받는 마음.

사랑을 좇는 그 정열(情熱).

그 모두가 좋았다.

결국 인간은 좀 더 정직(正直)하고 숨김없는 마음과

남아라면 강(强)한 투지력과 의지가 필요하리라 믿는다.

음악감상실 방문.

어두침침하고 가득한 담배 연기.

그것이 그들이 갖고 싶은 것이었는지 모르겠다.

짜릿한 음률에는 나도 모르게 온몸이….

하지만 갈 만한 곳은 못 되는 것 같다.

좀 더 차분한 정서 속에 자라 보입니다.

1968년 11월 11일 (월)

바람이 몹시 불었다.

계속 추운 날씨이다. 내하복(內下衣)를 입었다.

준수에게서 오래간만에 편지(片紙)

역시 시간이 흘러 세월이 가면 계절이 바뀌듯

인간이 변하는 것도 부인(否認) 못 할 일이다.

생각하면 참 재미있는 일이고 또 당연한 일일지도 모르겠다.

그 안방 샌님이 하루에 그것도 대낮에

두 되의 막걸리를 먹고 여대생들을 만났다고.

정말 많이 변했다.

어떤 의미에서는, 아니 확실히

그를 위해서 큰 발전이라 생각된다.

좁은 안목의 인간이 되지 않기를 바라는 마음에서 말이다.

그와 대할 때마다 느끼던 무언가

트이지 못한 듯했던 감이 이제는 아마 없어졌을 게다.

한데 클럽에 총무가 되어서 또 나에게 조언(助言)을 부탁.

이건 정말 아연실색할 일이다.

물론 이 몸이 경험이 없는 것은 아니지만

그래도 조언할 정도가 되기에는 아직 모자라는 놈이다.

글쎄 정말 그에게는 커다란 문제일 것으로 생각된다.

그가 처음 갖는 것일 테니 말이다.

하지만 그가 클럽에 너무나 큰 기대를 걸어 후에

실망하지나 않을까 염려된다. 알아서 하겠지.

구태여 말할 것이 있다면

그의 마음의 신조대로 해 나가라고 이야기해 주고 싶다.

좀 더 박력 있는, 적극적인 태도(態度)가

무엇보다 필요할 듯하다.

1968년 11월 12일 (화) 맑음

위층에서 코 고는 소리가
앞방에서는 열심히 무언가를 하는 소리가 들려온다.
똑같은 환경과 똑같은 조건을 주지만 모두가 같을 수 없다.
역시 인간이기 때문이리라.
생활(生活) 의지에는 지금은 밀린 일기 쓰기에 지쳐버렸다.
매일 같이 쓰리라 하고 생각했던 것도 마찬가지였지.

익수에게서 편지가 왔다.
정말 반갑다. 그렇게 바쁜 중에도 써줬다는 것이 고마웠고,
그의 편지를 읽는 것은 무척 즐거운 일이다.
무언가를 확실히 나에게 전해 주기 때문이다.
갑자기 다가온 불운(不運) 속에서도
그래도 꿋꿋이 버텨나가는
그의 생활(生活) 의지는 누구 못지않은 것이 있다.
그러한 환경의 영향인지 생각(生覺)하는 것이
친구 중에 가장 깊게 생각된다.
하지만 그의 환경이 저주스러운 만큼 악(惡)조건이다.
언제나 빛을 보게 될는지.
나를 '오나시스'와 같은

선박계의 왕(王)이 돼주기를 바란다고.

글쎄?

무언가 모를 허전한 생각이 든다.

지난날의 모든 것에 끝까지 고(固)수를 고집했다.

모두가 꿈이야.

앞으로 할 일은 익수 말대로

이 길에서의 성공(成功)이

무엇보다도 빠르고 옳은 판단일 것 같다.

人生(인생)은 외줄기 길이 아닐 테니 말이다.

억세고 강한 삶을 영위하자구요.

앞으로의 방침 1. 말조심

　　　　　　　2. 웃음의 신중성

　　　　　　　3. 좀 더 생각하기

1968년 11월 13일 (수) 맑음

퍽 맑은 날씨이었다.

마치 봄날같이 맑은 날씨였다.

역시 따뜻한 날씨이기에 훨씬 기분이 좋았다.

하지만 내내 따뜻한 날씨만이 아닐 것은 뻔할 일.

늦게나마 친구들에게 답장을 썼다.

익수, 미희 그리고 준수 순(順)으로 썼다.

익수. 막힘 없는 글에는 어쩔 수 없이 호감과 반가움이 느껴져서 좋았다. 그런 악 환경 속에서도 키울 수 있었던 그의 사고력(思考力)이라든가 사고방식이 퍽이나 마음에 들었다.

내가 만약 그와 같은 처지에 놓여 있다면…. 과연 그와 같이 굳은 의지 속에서 살아왔을지 심히 의심스러웠다. 그에게 배울 수 있는 것이 나의 친구 중에서는 그가 제일 많이 갖고 있는 것 같은 생각이다. 역시 인간은 싸우는 것이다. 그리하여 거기에서 이기는 자(者)가 멋있게 살아나가는 것이리라.

미희, 무엇이 무엇인지 알 수가 없다. 어쩌자는 건지. 단지 마음의 위로를 위해 하는 것이리라 생각하기로 했다. 그 역시 서울의 벗들을 떠나 있으니 외로울 것은 사실일 것이다. 좌우간 세월이 흐르면….

준수. 녀석 많이도 변했더군. 술이라곤 먹지도 않던 놈이 막걸리 두 되라니 정말 사람 놀라게 하는데 클럽에 총무. 충분한 자질(資質)이 있다고 생각된다. 하지만 이상론 자가 되어주지 말기를 바랄 뿐이다.

준수로부터 편지

퍽 반가웠다. 녀석이 이렇게 일찍 답장(答狀)해주는 것 또한 처음. 모두가 변해가는 그의 마음에서일까?

좋은 현상이라 생각된다. 자식이 이제야 무엇 좀 해 보려는 상황(狀況)이 있을 듯하다. 진실한 마음의 자세(藉勢)를 가져 주었으면 하는 것이

그 녀석이라면 경거망동(輕去忘動)치 않으리라. 믿음직하다. 역시 아직 그 면에서는 유아(幼兒)임이 여실히 냄새 풍겨진다. 어쩐지 준수가 부러워지는 것 같다.

알아야 해. 자네 자신의 위치를 확고(確固)히 살아야 해. 명확하고 정확(正確)한 판단력(判斷力)을 가지고 말이야. 너에게 주어진 일들을 좀 더 충실히 해야 할 것 같군. 두 번 다시 말하면 역시(亦是) 군소리.

힘써 보세나. 설마 못난 짓에 그치지는 않겠지.

몹쓸 건 사치(奢侈)한 마음이요 어리석은 생각이지.
무엇보다도 알아야 할 손, 제 분수인가 하노매라.

못난 것도 네 탓이요, 부족(不足)함은 어쩔 수 없는 인생(人生)의 필연(必然).

분별(分別)할진대 그대의 처지(處地)

앞으로 약 1개월.

헛된 세월을 그대로 풍선으로 날려 보낼 것만이 아니라 고개 숙인 이삭의 한 알로 뒤늦게나마 애써보자.

Thinking is doing. - by Socrates

1968. 11. 19.

Thinking is doing.
  - by Socrates

2.
−회고(回顧)

묻지 마오
살아왔느냐고 묻지 마오
정작 답(答)하기 괴롭구려

억세고 질기던
고작 한 꿈마저 잃었노라 말해야겠기에
그다지도 쓰라림 도사려 있소

망각(忘却)
다만 그것뿐이오

아니 못다 한
푸르름을 마저 적셔야만 할
그 안타까움
서러운 기대(期待) 속에서
그래도 아쉬운 향 떨치지 못하는 마음
정녕 인간이로소이다

하지만 공(空) 속에

흐름이 있어

또다시 고개 들어 뜨거운 태양을

어두움 속에 무늬 진 조각들을 대하여 보며

내 가슴 두드리며

발돋움하오.

11월 19일 am 0

1968년 11월 21일 (목) 맑음

꽉 짜인 일과 속에서 겨우 견디어 낸 듯한 기분이다.

영어 시간.

어딘가 강짜적인 강의였다고 생각했다.

자기는 Nobel 문학상을 탄 작품이라 하면 읽어본 적이 없다고. 그리고 그러한 작품이 도대체 마음에 들지 않는다는 이야기였다. 글쎄요. 정말 초월적(超越的) 인물(人物)이라도 되시는지?

설계(設計) 시간에는 정말 귀찮아서 죽을 지경이다. 선 하나하나에도 신경(神經)을 곤두세워야 하니 영 신경질이 나서 취미에 맞지를 않는다.

공력(公力). 정말 머리가 제멋대로 돌아간다. 교수님들도 두통에 걸리신 듯한 느낌. 좌우간 이 정도면 우이독경(牛耳讀經)이로고.

등기(登記). 일컬어 향토 장학생(鄉土 獎學生)이 됐다. 기뻤다? 하지만 왜 그런지 자주 허탈한 감(感)에 잠겨지게 되는지?

3,500원. 예상보다는 많았다. 기분으로 친구들에게 빵으로 한턱냈지. 하지만 구두와 TRANSISTOR는 어떻게 해야 좋을지. 아무리 생각해도 절약하는 수밖에 없을 것 같다.

집에서 TV를 샀다고 이제야 겨우 사놓은 모양이군.

정말 제대로 가정(家庭)이 안정되어 가는 것인지 궁금하다.

누나가 공부 열심히 하라고 간곡히 부탁.

정말 잊지 말아야 할 분인데.

앞으로 1개월 후에는 가족 친구들과 만나게 되는데 마음이 준비가 필요할 듯하다. 부족(不足)도 과부족(過不足)이니 가슴만 타는구나.

목요 포럼에 참석(參席). 그네들은 정말 신도(信徒)일지.

그리고 너 재흥(在興)이는?

3

그만둡시다
언제부터인지
그대를 이렇게 고요한 밤이면
그리워하는 습관이 생기었소

아마 밤이 좋아
다시 그대보다는 고요함에 휘말려
그렇게 되었는가 보오

하지만
소용돌이 내 마음은
마구 어지러이 그 고요를 짓이기었소,

들으시오 이 속삭임을
아니 구태여 답(答)까지야
그저 지껄여 보았소이다
아마 내 마음 나도 모르는 것 같구려
그저 어설픈 감상(感傷)에 젖어
또 다른 어리석음을 빚었나 보오

미안쿠려
결코 고의는 아니니 용서하시오
때가 오면….
때가 오면….

아니요, 아니요, 그만둡시다

1968. 11. 22.

1968년 11월 22일(금) 맑음, 안개

새삼스럽게 이렇게 붓을 잡으니 어째 마음이 이상하다.

또다시 출발이다.

이제부터는 정말 나의 의지(意志)와 내 생각에 따라 살아보련다.

강한 극기(克己)의, 꺾이지 않는 투지와 사나이의 굳센 마음을 나의 신념(信念)으로 삼아 힘써 나아가겠다.

과거(過去)에 관해서는 더 이상 생각지 않으련다.

지나간 날에 기대(期待)를 가져본들 아무리 집착한들 보람은 없을 게다.

단지(單只) 그것에서 배울 수 있는 것은 인간의 약함과 부족(不足)함이리라.

온고지신(溫故知新)의 부족함이 없도록 노력하자.

그러기 위해서 나는 좀 더 나 자신을 알아야 하겠다.

속속들이 잊었던 것, 잃었던 것을 일깨워 갈고 닦아 나가야만 하겠다는 것이다.

속 좀 차리자는 이야기이다.

지나 보낸 시간이 세월이 너무나 아쉬웠다.

참다운 인간의 길, 정도(正道)를 걷자는 것뿐이다.

고진감래(苦盡甘來)

누가 유치(幼稚)한 진리(眞理)라고.

글쎄올시다.

아직 이른 것이 아닐지 모르겠소이다.

4
– 출발

진정 가시는 거요
암
가야지요.
이제도 퍽이나 늦은 것 같구려

몹쓸 건
그놈의 간사한 마음이었소
어쩌자고
이렇게 속절없는 세월을 보내었는지
생각하면
가슴 아프오이다.

하지만
어이 사내자식이 그럴 수 있소
내 넘고 물 건너
가시밭길이라도 마다치 않고
그저 바삐 갈밖에
별수 있겠소.

그렇지만
아직껏
죽지 않은 생명(生命)이 이렇게 용솟음치고
두 눈이 감기기에는
너무 이르기에
뒤늦게나마 떠나려 하오

자, 그럼 또다시 출발(出發)
그저 출발뿐이오.

1968년 11월 23일 (토)

상륙(上陸) 홍아 다방(茶房) 들르다.

저녁 늦게 Mondogane 주점(酒店) 탐방(探訪)

학사(學士)가 갖다주는 술을 먹다.

정종. 오래간만에 나로서는 실컷 먹었지.

5잔. 얼굴은 홍인종보다 더 붉었고

하지만 그다지 기분이 나쁘진 않았다.

하영(河泳)이 선배(先輩) 원출도 그곳에 나와서 만나게 됐다.

공부를 안 한 것이 무척 후회된다고.

또 죽는 것이 두려운 것이 아니라 개죽음이 되는 것이 싫다고
말이야.

옳은 이야기다.

다시 마음 가다듬는 것이 좋을 듯하다.

역시 모든 인간에게는 그들 나름의 철학(哲學)은 있는 법

나는?

좀 섭섭한 이야기이지만 아직 먼 것 같다.

아가씨(?)들의 야유를 받으며 골목길을 빠져나와

To, 균(均)의 집.

호전되어가는 그네 집을 한눈에 알아볼 수 있었다.

무척 그의 부모님께 미안했다.

참 성질 많이 좋아졌다. 정대가 overeat한 것이 이 몸이 도맡아 깨끗이 치웠다.

그것도 경험이구나 생각하면 정대(正大)가 퍽 좋은 자료를 제공해준 셈.

이래 인생은

하하하, 허허, 껄껄

1968년 11월 24일 (일) 흐림

10시에 기상

따뜻한 온돌방에서는 정말 오랜만에 잤다.

손님인 나는 너무 더워 땀을 흘리며 잤는데 정작 주인은 찬 골에서 잤다고.

흰 쌀밥에는 정성이 담뿍.

Boris에 갔었지만 Miss Mondogane는

덕택(德澤)에 만년필(萬年筆) 500원에 하나 구입.

계산자는 포기했다.

인심이 좋아서 밤 동안 내린 비로 젖은 보도 위의

물들을 속으로 접대(接待).

발이 말이 아니었다.

구두를 사려 했으나 약한 마음과 잘못 생각으로 그것도 깨지었다.

누나와 집에 면목이 없다.

정말 냉수 먹고 속 차려야 할 텐데….

앞으로는 내 생각을 끝까지 관철하도록 노력해야겠다.

모든 행동이 따지고 보면 말짱 헛일이고 뒷맛이 별로 좋지 않다.

내가 무슨 갑부집 자식이라고 있는 행세를 하겠다는 건지.

가능(可能)한 한 이제부터는 실속을 차리겠다.

한 가지 한 가지 step by step으로.

대장군(大將軍) The War Lord을 관람.

결국은 참사랑을 찾은 결과는 헤어짐과 자기의 몰락이었다.

진정한 사랑 속에는 두려움과 주저가 없다. 오직 하나뿐이다.

역시 사랑의 길은 힘들다는 것,

나도 그런 강렬(强烈)한 사랑을 가질 수 있으면 하는 것이

진정한 소망이다.

하지만….

1968년 11월 25일 (월) 맑음

종일토록 몽롱한 기분 속에서 살았다.
늦게 잠을 잔 탓도 있으리라

과업 후에 강 지도관이 일장 훈시가 있었다.
그의 말을 액면 그대로 받아들일 수 있다면 나 또한 그와
못지않게 행복(幸福)한 사나이가 될 수 있을 터인데….
인간이란 역시 못났다.
좀 더 앞을 내다볼 줄 모른다.
어찌 당장 눈앞의 일만을 생각할 수 있으랴.
좀 더 긴 안목을 가져 보자.
진정 Why am I here?

비록 내 뜻은 아니었지만 이미 그런 생활(生活)을
박차고 벗어날 수도 없는 처지(處地)가 아니냐.
이제부터는 모두가 나의 것이다.
그중에서도 일각일각(一刻一刻)의 시간이 가장 그렇다.
좀 더 주관적(主觀的)인 판단 속에서
확고한 생활철학(生活哲學)을 갖추어야겠다.
진정 얻는 생활, 구하는 생활을 갖도록 노력해야겠다.

타고난 재주가 없으면 이제부터라도 늘리는 것이
현명(賢明)한 일이라 생각된다.
사나이 20세에 못 할 일이 무엇이며
두려울 것이 무엇이란 말인가?
굳은 의지(意志) 속에 백절불굴(百折不屈)의 신념으로
억센 삶을 영위해 보자
찾아보자. 인간의 길을, 그리고 디뎌나가
Final Destination에 좀 더 일찍 다가가자.

1968년 11월 27일 (수)

정말 세월 빠르다. 눈 깜짝할 사이에 벌써.

요즈음에는 왜 그런지 모르게 나 자신의 부족함을 깨닫는
마음이 쉴 사이 없이 닥쳐온다.
차라리 모르면 좋았을 것들을….

누구에게도 지고 쉽지 않은 마음과 어쩔 수 없는
나 자신의 모습에 마냥 가슴 아프기만 하다.
어쩌다가 이런 못난 녀석이 됐는지
그야말로 제대로 하는 짓이 한 가지도 없으니
그대 20년생(年生)을 어디에다 다 소비하고
지금은 통탄만 한단 말인가.
아뿔싸 불쌍할 손. 나를 키워주신 부모와 형제들이다.

인간이 살아가는데 필요한 것은 한둘이 아닐 게다.
먼저 교양과 학식이 있어야겠고
거기에 타고난 인품(人品)이 따라 주어야 되리라 생각한다.
타고난 것이 없으면 노력을 해서 얻는 수밖에.

흘러간 세월을 원망 말고 앞날을 좀 더 알차게 해 보자고요.
싸우고 싸우는 것. 그뿐이다.

이제야 그런대로 마음이 가라앉은 듯
차디찬 물을 끼얹고 냉수 먹고 속 차리리라.
나를 위해서, 억세고 밝은 내일의 기쁨을 위해서

좀 더 폭넓은 마음씨가 나를 이끌어 주리라.
노력하고 또 노력하자.
숙원의 그 날까지.

1968년 11월 28일 (목) 맑음

제법 날씨가 쌀쌀하다. 이제부터는 겨울다워지고 싶은 모양이다.

오상원의 『백지(白紙)의 기록(記錄)』을 막 읽고 있었다.

6·25사변에 빚어진 일들로 인한 젊은이들의 감정의 대립, 심리묘사라 하는 편이 좋을 것이다.

무언지 모르게 바늘로 찌르듯 꼭꼭 파고들어 오는 내용이다.

강한 마음의 갈등이다.

형은 다리와 팔을 잃고 돌아오고 동생은 무사히.

거기에서 빚어지는 가정의 이상한 분위기. 정말 잘 묘사한 듯싶다. 이렇게 절감되기도 쉽지는 않을 게다.

전쟁에서 배워온 몰상식과 무례, 무감정.

그로 인해 연해진 제 마음의 상태에서 고민.

모두가 생각하면 현 생활에서 찾을 수 있을 것 같다.

세월이 감에 따라 달라지는 나 자신 마음의 변화

이제는 완전한 나 자신의 틀을 잡아야만 할 때이다.

아는 것이 너무 없는 나에게는 모두가 진중한 마음으로 배워야 할 것뿐이다.

철학(哲學), 문학(文學) 등등에서.

그리하여 남보다 뒤늦게나마 자신의 확고한 주관을 배워야 하겠다.

정말 너무나 늦었다.

빨리 서둘러 달려야만 하겠다.

일각일각(一刻一刻)이 아섭다.

모두가 귀하고 배워야 할 것밖에.

충분한 기분 속에서 서두르지 말고.

1968년 12월 1일

계절과는 달리 따뜻한 날씨
Coat가 무척이나 무거웠다.

참사람 꼴이 말이 아니었다. 돈이 없으니 그야말로 지지리 궁
상.
그럴 때일수록 마음의 여유가 필요할 텐데
역시 나에게는 아직도 많은 수련(修練)과 부족(不足)한 인격
(人格) 도약이 있어야겠다.
정말 무척 나 자신의 용량(容量)이 부족(不足)하다.
역시 가정환경 덕일까?
내가 생각하기에는 너무나도 자신이 부끄럽다.
언제나 나를 내가 자부할 수 있을지.

아직 모르는 것이 많다. 오히려 아는 것이 아무것도 없다고
이야기하는 것이 좋을 것 같다.
그래야 옳은 일일 것이다.

『파우스트』를 읽어보았다.
비록 일부(一部)뿐이었지만 아직까지 내가 읽은 것 중에서는

무어라 이야기하기 힘든 대화 속의 깊은 심려가 느껴지는 것 같
다.

　좀 더 많은 것을 배운 후에 이야기하는 것이 옳은 일일 것이
다.

　이제부터 올해도 한 달.
　총결산(總結算)이나 제대로 하도록 노력해야겠다.
　그보다도 올바른 마음 자세를 갖고 볼일
　그리고 좀 더 폭넓은 마음을 가져 보자.

　수양수련(修養修練)
　어찌하리오.

　　　　수양수련(修養修練)

1968년 12월 5일

아직 나에게는 이런 시각을 오늘이라 부르기에는 실감이 나지를 않는다.

어쨌든 지금이 시작은 오늘이다.

어제오늘은 책과 더불어 이렇게 밤을 지새우고 있다.

전(前)에 느끼지 못했던 색다른 감정(感情)이 나의 마음을 격(激)하게 움직임을 갖다주었다. 특히 작가 김내상(金來成)이란 사람의 호흡이 나와 맞은 탓인지도 모르겠다.

때때로 숨 막힐듯한 절박감마저도 절실히 느끼게 해주는 그 무엇이 있다.

결국 순정에로의 회귀(回歸)였지만 그것은 사필귀정(事必歸正)의 원리에서 오는 것이라 그것이 그지없이 좋았다.

아직 자라지 못한 나의 감정이 작품에 나타난 작가의 뜻을 액면 그대로 받아들여지는 것이다.

거기에서 올바른 판단을 내리고 새로운 나의 뜻을 찾는 것이 올바른 자세(姿勢)인지를 알면서도 무언지 모를 불가항력적(不可抗力的)인 진리를 깨닫게 되는 것 같다. 결코 인생(人生)은 장난이 아니다. 좀 더 진실한 면에서 진정 진(眞)을 찾기 위해 만져

69

보지도 못한 임지승의 용기(勇氣)가 좋았고 모든 Moral 한 가정 교육 속에서 결국은 참다운 사랑을 찾아 나선 오영심의 행동이 그지없이 좋았다.

　그러한 진실한 사랑을 인류는 과연 몇이나 누려볼는지?

　가장 인상적인 것은 심리, 특히 한은주의 그 깐깐한 성미와 싹싹함이 정말 그립다.

5
－벗에게

어쩐 일로
이다지도 소식이 없소.
무슨 탈이라도 났다는 말이오.

우정(友情)은 뜻의 굶주림에
사랑은 쓸쓸한 고독에 그리운 것이라 아니하오?
어쩐 일이오
이제는
이놈을 아예 생각지 않으시오

못다 한 이야길랑
악수 속 막걸리로 더해봅시다

이렇게 깊은 밤이면
못내
아픈 가슴 안고
사랑, 뜻에 궁핍함에
눈물 없는 눈물
떨구어 보오

무심쿠려
사나이의 정(情)은 이렇게 호소하오
우리 함께 싸워나가지 않겠느냐고

암, 같이 갑시다.
사막이면 어떻고
설상 지옥인들 못 갈 리 있소.

1968. 12.

1968년 12월 22일

새벽부터 온 누리를 빈틈없이 새하얗게 덮은
백설 속에 30분간 연착 후
서울에 도착.

퍽이나 오랫동안 발 딛지 못한 서울역 앞의 눈 풍경이었다.
무언가 모를 호흡이 나를 반겨주는 듯했었다.

한참 무르익은 X-Mas mood 속에 1968년을 탈 없이 adieu
고된 생애에 처음 가져 본 고독(孤獨) 속에 몸부림치며 이상
(理想)과 현실(現實)의 표리와 나의 꿈과 실생활(實生活)의 부조
화(不造和)의 와중(渦中)에 몸부림의 한 해를 보내는 마음에 한
마디로 시원섭섭했었다.

1969년(年) 기유년(己酉年)
새해를 맞은 나의 마음속의 감화는 이미 지나간 40여 일의
세월 속에 번져져 그 여운조차 찾기 힘들고 지난날 새해에의 기
대(期待)와 계획은 젊은 세대의 전매특허로 볼지도 모를 그러한
것인지는 모르겠지만 나 자신의 방황(彷徨)은 이룰 수 없는 나
자신의 계획과 주위 환경 속에 또 자취를 한둘 넓혀만

갔었다.

분별(分別)없이 바빴던 내 생활(生活)이 모두 생각 부족이요, 소용(所用)없는 것이었을지, 가장 금(禁)해야 할 길은 젊은 시절(詩節)의 허송세월. 한마디로 금쪽같은 시간을 어찌 그리 보낼 수만 있겠는지. 어리석음이 빚어 주는 마음의 허설(虛說)은 어쩔 수 없는 나이 탓인지도 모르겠다.

아무리 이것저것 대(待)해도 공허(空虛)한 가슴을 메울 길이 없다. 그래서 생각한 길은 모든 것에서의 극기(克己)가 나 자신의 별리(別理)였다. 주어진 자아의 정분(貞粉)은 자만의 nonsense일지도 모르겠지만.

확신 속에서 나의 감정을 키우고 싶은 생각뿐이다.

1969
—
푸르르고 싶은 시절

아 마음을

말없이 흘려버린 그 세월 속에
잠시도 가진 일 없는
그 마음이기에
믿을 수 없는 나 자신의
수없는 변화였지만
모두가 한결같은 발버둥이었소.

이제는 이번에는
벼르던 그 마음의 어리석음을
깨달은 그 시각엔
그것은 너무도 아픈 상처만을 안겨주었소.

억센 폭풍과 거센 파도(波濤)도
지금 이 순간의 마음속 파도와는
정녕 비할 길 없소.

사나이의 한 가슴에 깊이 파묻힌
그 영상은
이제는 그 임자가 바뀌었소

일순간에 피었다간 장미가 아닌
온 누리 뒤덮은 상록수의 순정을 지닌
억세고 질긴 줄을 알아주시오

이 순간에 당신을 그려
이다지도 애타는 가슴속을
달래는 이 마음을….

1969. 2. 13.

1969년 2월 25일 (화)

이곳에 도착한 지 이틀째
서울에 가지 못했던 해후가 아쉬운 채
아직 가시지를 않았다.
무슨 사정이 있으리라.
이곳도 몹시 추운 걸 보니
서울 날씨도 무척 추워졌으리라 생각된다.
감기 걸린 덕인지 몸이 편칠 않다.
지금 동료들이 모두 parade 준비로 모두 연병장행(練兵場行)

또다시 구르기 시작한 굴레를 어떻게 굴려야 할지
모두가 의지(意志) 속에 실행(實行)이 유(有)할 뿐이다
또 다른 후회를 빗기 전에 새로운 마음가짐이
1969년(年)은 일컬어 도약의 해가 되어야겠다.

분별(分別)없이 바빴던 지나간 두 달을 올해의 전주로
모든 면에서 좀 더 활기(活氣) 있는 생활을 영위해야만 하겠
다. 참다운 앞날의 더 많은 영광(榮光)을 즐길 수 있기 위해서
결코 지난날의 과오(顆悟)는 새삼 범치 않을 생각이다.
뼛속 깊이 뿌리박은 나 스스로의 부르짖음에 이 이상 더 외

면(外面)하지 않는 것만이 나의 가장 빠르고 올바른 길을 걷는 것이 될 것이다.

모든 일에 고생(苦生)이 없을 리 없고 각고(刻苦)의 노력과 의지(意志)가 필요(必要)하리라. 새로운 인간으로 거듭나기 위한 어쩔 수 없는 탈동(頉動)의 발버둥이나 몸부림이 아닌 좀 더 꿋꿋한 힘찬 발걸음이 되어야 하겠다. 모든 일 가지가지가 모두보다 더 진중(愼重)하고 확고(確固)해야겠다.

정녕코 지금 순간순간의 마음이 나의 오직 하나의 소원대로 꼭 이루어지기를 바라고 있기 때문이다.

7
-무지(無知)

알 수 없는 것이 사람의 마음이라지만
정녕 너만은 알고 싶었고
이해하려 한다.

흘러간 세월은 우리 함께
속속들이 남김없이
멎지 않는 되돌아오지 않는
흐름 속으로 던져버립시다그려

과거는 현재를, 현재는 미래를
영속된 시간 속에
고이 간직할 아리따운 이야기를
함께 엮어갑시다그려

별같이 무수한 시련과
구름 같은 도피는
지금의 우리완 아득하구려
천리타향임이구려

이렇게 애타는 마음 또한 당신의 덕일지라면
순간의 애탐을 뼈저리게 겪고 싶구려

푸른 바다의 넓은 마음을
좀 더 빨리 간직했더라면
말 못 하고 미치도록 묻고 싶은 이 마음을
당신의 모습과 홀로 대화하려 하오
푸르름이 지기까지
바다가 마르기까지
하지만 진정 모르겠는 것은 당신의 마음이구려.

1968. 3. 3.

1969년 3월 3일 (월)

무어가 무언지 알 수 없는 속에 몸과 마음이 피로하다.

나의 과도한 생각이었는지 너무나 지나친 일방적 생각이었는지는 모르지만 좌우간 어떻든 좋다. 모든 세상일을 이제부터는 좀 더 알아야겠다는 것이 확고한 생각이다. 부족했던 나의 경험에서였는지도 모르지만 지금 상황(狀況)을 정말 아무리 좋게 생각하려 해도 도저히 내 지각(知覺)으로는 용납되지 않는 일이다.

아직까지도 취한 기분 그대로이다.
내가 겪은 일 중에 가장 큰 충격이었고 너무나 의외이었다. 아무리 나를 이용하고 무시하려 했다손 치더라도 그렇게까지야. 역시 그 사람의 마음을 그 자신의 입이 아닌 누구의 입에서 그런 말을 들어도 나에게는 모두가 무의미하다. 물론 나 자신의 욕구가 없었던 것도 아니지만 그렇게까지 나올 줄은 도저히….

진정 악몽만 같다. 무슨 마음에서일까?
지나친 신경과민이라 여겨지기도 하지만 어떻게 그것을 생각지 않을 수 있을까.

해답은 그 입을 통해 듣기만 하기로 하자.

어설픈 생각에 젖지는 말아야겠다. 하지만 아직은 너무 이른 시기이기에 모든 것을 이해할 수 있기까지는 좀 더 참는 것이 좋을 것 같다.

어쨌든 서울에 올라갔던 일은 수확이 컸다.

여러 가지 의미에서 겪었어야 할 일이고 어차피 겪을 일이면 가능한 한 빠른 것이 좋다.

아직까지는 너를 알기에는 너를 말하기에는 몹시도 이른 것 같다. 좀 더 진중(眞重)히 행(行)해야겠다. 꼭 너를 나의 것으로 하기 위해서 말이다.

언제까지고 어디까지고 견디고 싸워 이겨 보리라는 것. 이것밖에는 아무 생각 없다.

진정(眞情).

1969년 3월 4일

밤새도록 엉뚱한 꿈에 무수히 깨었다가는 잠들곤 했다.

심한 마음의 괴로움 때문인가 보다.

오히려 심한 안타까움에서인지도 모르겠다.

시시각각으로 그려지는 너의 모습과 대화로 겨우 메워질 뿐이다.

너무나 한가한 탓으로 인간이 이렇게 마음 약해지는 것 같아서 좀 생활을 달리하는 것이 한 수가 될듯하다.

오늘부터 영어를 시작하기로 했다.

하나의 인간을 그리워하고 사랑하려는 것은 심히 괴롭고 역시 고달픈 일이다. 그러기에 인간이 받는 타격이 큰지 모르겠다. 아직 하지 못한 마음의 변화이기에 말할 수 없는 마음 설렘만이 가득하다. 부족(不足)한 덕(德)을 메울 길 없음이 한스럽다. 좀 더 밝고 맑은 감정으로 정열적인 인간성이 있어야 하지 않겠나 생각된다.

믿는 나무에 곰팡이 슨다지만 그래도 모든 것은 믿음에서 시작되는 것이 아닌가 생각된다. 우선은 믿고 생각하고 곱게 감싸주는 포용심이 내가 가질 수 있고 베풀 수 있는 것이라 생각된다.

우리에게 내일은 없다. 우리의 인생은 정말 지금 이 순간뿐일까? 하지만 인간은 나면서부터 내일을 믿고 산다. 그러기에 모두가 사랑을 속삭이고 고뇌의 아픔을 참고 내일의 꿈에 잠드는 것이리라 생각된다.

그럼 나에게도 다가올 내일의 꿈을 가꾸는 것이 지금 나의 제일의 생활 의지(生活意志)가 되고 말았다. 또 그렇게 되고 싶다.

"내일 홍수가 진다고 해도 나는 한 그루의 사과나무를 심자."

1969년 3월 5일 (수)

모를 것이 인간이고 몹쓸 것이 인간인 것 같다. 이렇게 생각하는 나 자신도 진정한 의미에서는 말할 수 없는 모순 속에 쌓여 있는 것이 아닌지 모르겠다. 진정 인간이 바라고 인간으로서 행해야 할 일이 무엇인지 알 수 없다. 타고난 것이 고깃덩이이니 이것이 썩어지기 전에 마음껏 쓰는 것이 옳다는 이야기다.

지나친 나의 nonsence가 탓이었을까? 내가 가진 생각이 인간 나에게는 너무나도 과분하고 어울리지 않는 것인지도 모르겠다. 하지만, 요지경 속에 세상이지만 그래도 푸른 꿈에 젖고 싶었던 나의 소망은 모두가 허무맹랑한 인간 이상의, 아니 인간 부적당의 것인지도 모르겠다.

가장 옳은 처세는 현재 속에 만끽한 모든 것을 아낌없이 소비하는 것뿐일 듯하다. 그래도 떨치지 못하는 아픈 내 가슴의 상처는 지난밤도 불면(不眠)으로 가득 채우고 말았다.

아직은 그의 심정을, 그의 내심을 모르니 조용히, 이제부터는 모두가 백지(白紙)에서 또다시 새 출발이다. 어디 정말 모르는 고계(苦界)에서 살아보자. 남들과는 동지(同知)가 아니라 나의 진실을 그에게만은 깨우쳐 주고 싶고 같은 논리(論理) 속에 거(居)하고 싶다.

　너무나 빤한 그의 행동(行動)이지만 이제는 잊고 또다시 요구대로, 내 의지 속에 잠재우고 말겠다.
　단지 이 뜻 속에 모든 힘이 기울여지기를 바랄 뿐이다.

1969년 3월 6일 (목)

오래간만에 일찍 책상머리에 앉아 보았다.

고갈산 산책

오랜만에 밟아보는 고갈산의 기슭 기슭이 모두 눈에 낯익기만 했다. 상쾌했어야 할 기분이 남보다 건강치 못하다는 이유로 다소 탁 트이지 못한 가운데 소나무 숲을 헤매었다.

멀리 뿌옇게 안개 펼쳐진 수평선에는 무언지 살포시 안겨주는 새로운 감회가 알지 못할 마음의 소용돌이를 일으키었다.

낮에는 따듯한 햇살 속에 푸른 해변에 유혹되어 해변에 갔었다. 지난 일 년을 지내 온 바다이었지만 이번에 대하는 바다는 무척이나 많은 사연과 숱한 이야기를 돌 하나하나에 아로새겨 간직한 듯하기만 했다. 무수한 파도에 닳고 닳은 차돌, 흑갈색의 바닷가 바위는 그 어디에 인지 정문이의 모습을 역력히 간직하고 있을 것 같고 꼭 부둥켜안고 놓지 않고 있을 것만 같았다.

따스한 햇살에 오래간만에 짧은 잠을 즐겨보았다. 피부로 느껴지는 바다의 숨결이 보드랍게 몸을 쓸어주는 듯, 포근하게 푸른 바다의 일렁이는 잔물결은 멀리부터 어울려 가냘픈 해변에 미미한 거품을 뿜고 사라지곤 했다. 내 마음의 요동을 아는지 모르는지.

사랑은 주는 것이라고. 그래서 아름답고 받는 사랑보다 주는 사랑이 한결 고결하다고 이야기해 주던 현배 형의 말이 아주 새로운 의미(意味)를 지니는 듯 느껴졌다.

너도나도 잘 알고 있던 말이지만 나에게는 아주 실감을 주었다. 안타깝도록 묻고 싶고 받고 싶은 것이 사실인 지금의 내 마음에는 정말 약이라도 된 듯한 감이다.
이것이 아직 어린 성숙지 못한 나의 감정이며 미숙한 탓인지도 모르겠다.

모든 것은 세월이 밝혀주리라.

1969년 3월 7일 (일)

동료들이 점검을 받는 시간을 피해서 고갈산의 산책.

이른 아침의 산책은 퍽이나 기분이 상쾌해서 편치 않은
몸으로도 힘을 써 보았다. 역시 사내였기에 나 자신의 약함에
는 이제 권태가 느껴질 정도다.
남자답게 보다 강한 투지 속에서 나 자신을 태우고 싶다. 이제
부터는.

8
-침묵

태고적(太古的)부터 잠시도 끊임없는
그 아픔을
그는 잠시도 지껄이지 않았소.

막대(莫大)한 힘과 온갖 고난(苦難) 속
빈틈없는 밀림(密林) 속의 바람인 양
잠시(暫時)도 굳지 않은
애꿎은 바위에 부닥뜨리오.
그 아픈 가슴을
그는 조금도 지껄이지 않았소,

지껄인들 무슨 소용이오만
하잘것없는 인간고(人間苦)를
생각하며 빙각(氷却)의 티끌도 못 될 것을 말이오
하지만
아픈 가슴을 품고만 있기는
너무도 너무도
서럽고 안타깝기만 하구려.

9
－고소(苦笑)

모든 아픔과 괴로움의 번뇌(煩惱)를
더 이상 끌기에는 시간(時間)이 아깝구려
길어야 일평생(一平生), 짧아도 일평생(一平生)
웃어도 슬프고 울어도 기쁘고
여울져가는 시련의 냇물은
어제도 오늘도 내일도 궂을 줄을 잊는 모양이더이다.

가냘프고 약한 이내 심사를 어디다 족(足)하겠소,
억겁의 세월 속에
존재(存在)조차 찾을 길 없는 몸을
기껏 뻗어야 6자도 아닌 몸으로
그래도 잘 났다고….

웃읍시다
울어도 끝내는 어리석음 일 밖에
남들이 모두 살았는데
난들 못 살 리 있소.

길들이지 않아도
철새는 때마다 제 곳 찾아오더이다.

아오. 인간사 모두 그런 것 아니겠소.

안간힘의 발버둥은 이제는
정녕 괴롭기만 하고
흘릴 수밖에 없는 세월을
이제부터 꼭꼭 잡아 보입시더.

1969. 4. 1.

10
－고독(孤獨)

몸부림치다 치다
지친 슬픈 군상(群像)들
굳세게
먹은 가슴은
이제는 정녕
한낱 파도 부스러기

탁 트인 푸르름에
잠긴 영상에
한시름 덜어볼까 발버둥 쳐도
그는 역시 영원(永遠)한 구원(究遠) 속 밀림(密林)

쓸쓸히 가져 본 미소
이다지도 심장(心腸)은
도약질 치고
새하얗게 야윈 기운만이
감싸주는
이 마음이여.

68. 6. 2

11

님은
아시오
사나이의 애탐을
태고적(太古的)부터 잠시도 요동치 않던
그 굳센 마음도
당신의 아름다움에
끝내 지고 말았소.

웃고 울고 뛰며 넘어져도
오로지
당신의 그림자 속 갇힌 몸이 됐구려.

비가 오오
외로움에 지친 내 마음속에
촉촉이 촉촉이
밤이나 낮이나 쉬지 않고
한시도 멎지 않고 오더이다.

산새도 지저귀고
종달새도 웃었소.

약한 마음이라 나무라지 마소
정녕
예전에는 미처 몰랐던 마음이오.

세월의 흐름 속에
이내 심사 맡길밖에 없겠는지
이 밤도 묻소.

1969.

12
– 실제(失題)

웃지도 울지도 마시오
모두가
일색(一色)으로 단장된 지금
하찮은 짓 될밖에.

세월의 탁류(濁流) 속으로
뽀얗게 안개가 낀
긴 한숨을 아직도 못 토한 채
정녕
몸부림은 그만두시오.

아시오?
그렇지요. 차라리 몰라야겠다고.
어차피
이렇게 흘려만 보낼 양이면.
그 누가 알아주겠소.
종내 오리무중인 그 속을
이젠
그 어리석음을 깨달았으리라

믿어주려 하오만
믿고픈 마음은
청정(淸淨)한 가을하늘인 양해도
가냘픈 이내 심사는
또 하나의 번뇌를 낳고.

1969년 5월 8일 (목)

알지 못하는 속에 나도 자랐고 세월도 퍽이나 흘렀다.

생각하면 할수록 아프고 쓰리기만 하지만 그리도 안 할 수는 없을 것 같다. 무엇 때문에 내가 이곳에 와 있고 어떻게 시간을 보내고 있으며 어떤 결과를, 꿈을 갖고 싶은지를 다시 생각해 봐야겠다.

모두가 잊혀진, 잃어버린 나의 생활에 좀 더 심각한 나의 비판이 있어야만 할 것 같다. 그 누구보다도 꿈이 많고 욕심이 많으면서도 하나하나의 행동(行動)과 생활(生活)에는 왜 그리 연속성이 없는지 정말 한마디로 어처구니없는 녀석이다.

나이 20에 겨우 고작 이것이라니 생각하면 모두가 아프고 슬플 뿐이다. 강인한 의지(意志)가 너무나 오랜 세월 속에 부패할 대로 해버린 탓일까?

모두가 모두가 어지러울 뿐이다. 소용돌이의 깊은 가운데에 빠져 어쩔 줄 모르는 이런 지경(地境)의 고계(苦界)도 아니건만.

오랜 시간 동안을 좀 더 자신(自身)에 살자고 발버둥 쳐 왔으면서도 하나도 주(主)된 줄기가 없다.

너무나도 썩어버린 뿌리이기에 줄기조차 지탱할 힘이 없다는 말인가?

아직까지는 나를 포기하고 싶지 않다. 나를 잃은 내가 얼마나 처량하고 슬플까를 생각하려면 정말 외롭다. 생활 속 모든 것을 나의 것으로 나가도록 하는 것을 꼭꼭 잊지 말자.

그리고 그러기 위해 좀 더 판단하고 생각해야겠다.

1969년 5월 9일

또 하나의 날, 아니 시련이 열렸다.
오늘은 또 이렇게 화창한 날씨 속에 내 마음도 푸르러 보자.
서울에 계신 부모님과 가족 모두가 복(福) 받기를 빌면서

1. 좀 더 신중히 행동하자
2. 나 자신을 아끼자
3. 정신집중의 시도
4. 맑고 밝은 사고(思考)

누적되는 세월 속에 쌓여온 나 자신을 시험도 하고 키우기도
하며 살아가야겠다.
우선은 다가올 시험 준비가 더 급하겠지.
일념(一念) 공부하자.
끝까지 나의 집념(執念)을 내리지는 못하겠다.
사나이의 결심이오, 의지(意志)다.
사나이가 사나이다워지자는 것.

1969년 5월 19일

　하나의 일은 이제 종지부, 제멋에 겨워 사는 세상이라고 하니 이제는 모든 것을 잊고 살아보자.

　까마귀 노는 곳에는 역시 백로(白鷺)가 가서는 안 될 모양이다. 너무도 무계획하고 무사고(思考) 했던 탓에 그 모양이 되고 말았지. 모두가 모두가 잊을 수 없는 일들이지만 하여튼 감사했다. 이 이상 더는 생각지 않기로 했다.

　좀 더 나 자신에 살고 싶어서 나를 살리고 싶어서 모든 순간을 꽉꽉 잡아 놓아야만 하겠다.

　　1. 건강을 위하여
　　2. 나의 발전을 위하여
　　3. 보다 나은 앞날을 위해
　　4. 사내이니 사내이길 바란다.
　　5. 경거망동금(輕去妄動 禁)

응분(應分)

너 자신을 알라
진정으로 자기의 분에 맞게 산다는 것은 무엇일지
일생 인간은 자기 자신도 알지 못한 채
사는 것이 허다(許多)한 일이 아닐까?

내가 살아온 지나간 날들은 나의 분에 맞지 않는
터무니없는 삶, 바로 그것인 것 같다
잘 나지도 못한 주제에 무엇을 그리하려고 그다지도
분별(分別)없이 살아왔는지
생각하기조차 아찔할 지경이다.

지겹도록 나 자신을 달구어 보아도 나는 하나의 시시한
이리저리 굴러다니는 낙엽과 같은 존재였다
지향 없이 그저 바람에 날리는 그런 의미 없는
존재(存在)가 아니었더냐고 생각된다
작심삼일(作心三日)의 꼴이 그리도 추하고 몹쓸 것을 알면서
불가항력의 것이었을까?

이대로 산다는 것에는 나 자신이 더 이상 참기 힘들다

모두가 나를 혐오 속에 가라앉히려는 것 같다.

나를 찾자
나 스스로가 나를 살려야만 하겠다
더 이상의 아픔을 면하려고.

1969. 5. 20.

푸르르고 싶은 시절

아직은 내가 젊은 탓일까? 단지 그것만은 아니다. 내가 지닌 꿈을 좀 더 밝고 때 묻지 않은 더 푸른 하늘같이 마냥 푸르르고 싶기만 한 것이다.

이렇게 살기를 원하는 것이며 그런 내 마음의 풍경(風境)을 나 스스로가 짓이기지 않기 위해서, 아니 나를 보호키 위해서인지도 모르겠다.

주위의 세계와 나의 의지와 결국 모든 것은 싸움이고 격전(激戰)이다.

스스로의 전장(戰場)을 이제는 방관키만 할 수도 없을 것이다. 내 것으로 하는 것이다.

못났다. 비웃어도 그것이 무슨 소용이냐?

나는 나일 수밖에 없다.

끝까지 굳게 나를 보호하고 끝까지 나를 승리자로 만들자.

모든 피로와 힘에 겨움을 이겨내야만 하는 것이 나의 종주적인 보호이겠지.

1969. 5. 21. 청명

극기(克己)

인간의 욕심은 한이 없는 것
끓어오르는 욕망에 어쩔 줄 모를 순간들이
그 수를 더해간다.
약간의 무능성(無能性)을 갖게 된 때문인가?

전(前)에는 그렇잖던 것이 왜 이다지 그런 것인지
철들면 그런 것쯤 참을 수 있을 줄 알았는데
그와는 질(質)이 틀린 것일까?

역시 이 세상만사는 give and take 속의 거래인가
그동안 편지 한 장 못 썼더니 오는 것도 한 장 없다
아직까지 나란 존재는 그리 가치 없는 놈이었던 모양이다
좀 더 나를 깨워 나를 내세우도록 하자
적반하장격의 못난 짓은 집어치워야 할 때인 듯싶다
모두가 이제부터 시작이다
착실하게 건실하게 살자.

1969. 5. 22. 흐림

1969년 5월 23일

또 하나의 밝음 속에 나를 챙기고
이렇게 수없이 잇따라 돌아오는 날들에의 순환이
내가 살아가는 삶일까?

그렇게 오랜 세월을 살아왔으면서도
나는 그 수없이 많은 날을
똑같이 살았으면서도 지겹지도 않았던가
역시 잊어버리기 잘하는 인간의 천성에서일까
아니면 그렇게 나날의 생활이 변화가 많았던가

나팔 소리에 일어나고 어두워지면 자는
이곳에서의 돌림의 생활에서도 무엇을 살자고
이다지 살아가는 것일까?

내일, 내일에 살자는 것뿐
나에게 주어진 내일이 무엇인지도 모르면서
까만 안개 속으로 벼랑길을 걷는다
하지만 영영 안개는 걷히지를 않는 것만 같다

하나의 수학 공식처럼 인생(人生)을
삼각 함수식, 미분식에 대입(代入)해서
살아가자는 그것이다

이렇게 살다 보면 안개가 걷히고 밝은 태양 속을
활보할 날도 멀지는 않았겠지

그저 나를 찾아서 나를 보살피기 위해
모든 것을 이기고 날자고. 예!
엄마 아빠 찾아보던 그 시절은 언제
순이 바둑이 찾아 뛰던 때는 어디
아프기만 한 인간사를 웃어 살자고.

1969년 5월 30일 흐림

하루하루를 이렇게 어이없이만 살아온 것일까
또다시 아침부터 새삼스레 느껴진 것은 뼈저리도록
나는 오직 나 홀로 살아가야 한다는 것이다
누가 나를 위해 살아줄 사람은 아무도 없다
오직 나만이 나를 위해서….

이처럼 비참하도록 고독과 외로움을 뼈저리게
느끼게 해주는 것은 없을 듯하다
그러기에 이렇게 긴 세월 동안을 귀찮은 공부를 해가며
살아온 것일 텐데, 과연 그 세월 속에 나는
얼마나 자신을 위해 살았던가?
묻지도 말자
모두가 지나간 바에야 무슨 그런 말이 필요한가?
앞, 오직 내가 살아가야 할 날들의 벅찬 무게
과연 얼마만큼이나
나의 능력 속으로 들어올 수 있도록 할 것인가가
바로 그 문제인 것이다.

싸늘하고 극히 이기적인 이 사회에
나를 동댕이칠 준비를 하는 것이
그리 쉽게는 생각되지 않는다
이 자그마한 세계에서도
서로 간의 보이지 않는 당부로 생각하면
모두가 어이없는 일들이다.

그리 속 편할 수 있었던 내가 그리 담이 컸던가
모든 것을 바로 보고 똑바로 걸을 수 있는
내가 되기에 힘쓰자
우선은 나 자신을 위해서 모든 것을 바치자
머지않은 시간에 다가올 격전을
그대로 방관만 하기엔
나는 이미 소경이 아니다.

1969년 6월 5일 흐림

좀 피곤이 느껴진다
어제저녁에 해석하느라 시간을 보낸 탓인 것 같다
아마 이것도 너무 오래간만에 12시까지
책상에 앉은 탓이 아닐까 생각된다
전에는 이쯤을 가지고 피곤이 느껴질 적은 없었을 텐데
그만큼 내 생활이 편해지고 안일해진 것 같다.

모든 것을 좀 더 집요하게 달라붙는 성질과 끈기가 대체로
부족(不足)함을 느꼈다. 처음부터 끝까지 일관되는 성미가 거
의 없는 것 같다. 사내자식의 성공에 지대한 영향이 있으리라
생각되는데, 그리고 너무나 많은 과제에 내 머리가 따르지 못하
는 데서 오는 회의가 이유일지도 모르겠다.

그렇지만 올해는 어떤 일이 있더라도 영어에서는 달관(達觀)
이 되도록 노력하기로 하자.

conversation.

회고

요즈음의 생활은?

종잡을 수 없이 수많은 생각과 욕망의 틈바구니에서 길을 잃은 서글픔을 붙잡고 발버둥 치는 것, 결국은 어리석음의 밥이 되고 있는 것만 같다.

돌이켜 생각하면 나는 너무나 순간순간의 충격과 감흥에 빨려들어 커다란 목표를 제대로 찾지를 못하고 있는 그런 상황 속에 살아왔다. 나날의 생활이 쉴 사이 없는 긴박한 감정의 휘몰아침 속에 그저 나를 내동댕이친 듯한 감이다.

조금 전에도 막 책을 잡아보았다. 하지만 이 책을 잡으면 저 책을 잡아야 할 것 같고, 수학을 잡으면 영어를, 영어를 잡으면 전자를….

이렇듯 끊이지 않는 순간순간의 지나쳐 가는 뇌리의 생각들을 그저 떨구지 못해 안타까운 심정이다. 이것도 저것도 모두가 자신을 나에게 불어 넣어주지 않는 탓이 이렇게 나를 방황케 하는가 보다. 가장 근본적인 나의 정신 속의 방황이 나의 생활에도 차츰 잠식해옴을 시시각각으로 절감케 한다.

실상 모든 일을 생각하면 하나하나가 내가 가지는 가치들 속에서라기보다는 이 세상의 객관적 가치 속에서 그저 흘려 버릴 수 없는 어떤 중요함을 갖는다는 것을 너무도 잘 알고 있다.

결국 너무나도 잘 알고 있기 때문에 어떤 것을 하나 꽉 부여잡지 못하고서 이렇게 방황하여 어쩔 줄 모르는 것이리라.

최근 초청 강연회에서도 결단성 있는 행위에 대해 들은 적이 있다. 지금이 시각에서 나에게 가장 중요시되는 치료책은 아직 확실치 못한 나 자신의 가치관을 세워 그 가치관을 기준으로 모은 것에서 결단할 것을 키우는 것임이 확실하다.

나의 20년이 넘는 인생 속에서 가치관을 갖지 못함.

정말 생각하면 부끄러운 일이다. 하지만 지금 나의 처지로서는 거기에 대한 변명이 없는 것도 아니지, 해 본들 또 하나의 서글픈 기억을 일으키는 것밖에 안 될 것 같다.

꺾여진 어린 꿈과 나의 현실과 부족한 자신의 소양과 지식의 뼈저린 인식이 또 하나의 망설임과 초조를 안겨다 준 탓이기도 하다.

시간의 흐름이 그저 속절없는 흐름으로 됨을 원치 않는 그 가냘픈 욕심이 차츰차츰 허물어져 가는 설움을 한 알 두 알 알알이 씹어 삼키는 처참함을 지속하기에는 마음과 더불어 몸까지 이제 이렇게 피로로 지쳐버렸다. 인간의 잘남과 못남은 이런 역경에서 자신을 구할 줄 아느냐 모르느냐에 달린 것으로 생각한다.

이제는 나 자신을 모른다고 말하기에는 나는 나를 너무나도 잘 안다기보다는 잘 인식하고 있다. 나라기보다는 내가 살아가야 할 방법을 말이다.

지난날 나의 평생의 생활, 이제는 모두 지난날을 찾으며 사라져 버린 지금에 와서 지난날을 찾으며 발버둥 치는 나의 어리석음 더 이상 보게 된다면…. 그다음을 표현키조차 싫고 그렇게 하리라 상상하기조차 몸서리쳐진다.

인간의 가장 불쌍한 꼴은 자기 자신 속에서조차 솔직할 수 없을 때라고 들은 적이 있다. 내가 나를 두려워하고 내가 나를 속이는 것처럼 비굴하고 못난 짓이 있을까. 그러기에 나는 나를 좀 더 비판하고 착실히 다루어 보고 싶다.

어릴 적부터 내성적인 성미 속에서 살아오던 재흥이었다. 자유스럽지 못하던 가정 분위기 속에서 눈치를 보며 나 자신을 남들에게 얌전히 보이려고 애썼다. 결국은 나는 얌전이가 되었고 거기에다 누나들 밑에서 자라난 덕으로 사내자식에게는 어울리지 않는 부끄러움과 계집애 같은 생활 태도가 버릇되어 버린 것이다.

나 스스로가 얌전이, 착한 아이가 되기 위해 스스로의 생각을 착하고 때 묻지 않게 해오는 것이 쭉 일관해온 나의 습성이었음은 사실이다. 하지만 얌전하다는 것과 불량하다는 것의 차이는 야릇한 의문을 갖다 주기 시작한 것이 고등학교 시절이다.

지겹도록 따라다니는 계집애라는 별명으로 인해 다소 나 자신의 얌전함에 회의를 느끼기 시작한 데서 기인한 것 같다. 얌전하다는 것은 결국 자기 자신의 욕심과 모든 충동을 가장된 이성의 힘이라는 것(?)으로 감싸고 감춘다는 것밖에는 불량(不良)하다는 것과 아무런 의미를 주지 않았다.

어떤 의미에서는 나의 넘쳐오는 젊음의 정열이 나를 안방 샌님으로만 앉혀 놓기에는 벅찬 때문인지도 모르겠다.

사내답다는 것과 얌전하다는 것에서의 나의 평가 기준이 차츰 나 자신이 남자가 되고 싶다는 충동에서 변하여 갔다. 오히려 어떤 면에서는 불량하다는 것에서 차차 멋을 느끼게 되기까지 했다.

인간 생활에서 그저 얌전하기만을 주장하다가 가엽고 꼴불견스러운 인생을 만들어낼까 하는 두려움도 없지 않았다.

강하게 나에게 인상을 주는 것은 차츰 강한 의지 속에서 남보다 더 억세고 굳은 삶의 멋을 지니는 것이 되기 시작했다. 적어도 사나이인 까닭에 남에게 지지 않으려는 그 투지를 나는 갖기를 원했다. 그리고 좀 더 박력 속에서 나를 나의 꿈으로 몰아가고 싶어하게 되기 시작했다. 사내가 사내답다는 소리를 듣지 못하는 것이 너무나도 나에게는 서글픈 사실로 눈앞에 놓였고 그로 인해 그를 박차려고 무진 애를 쓰고 있었고 지금도 쓰고 있다.

진정한 의미에서 사내답고 진정 남아라는 것은 무엇일까?

그저 서부극에서 보이는 외형적인 힘의 과시나 과용은 아닐 것이라 생각한다. 하지만 그 외형적인 미(美) 역시 어쩔 수 없는 사나이 필수의 미(美)는 부인할 수 없는 사실이다. 그것을 갖지 못해 나 스스로 잠시도 떠나지를 않고 있다.

그렇지만 지금은 모든 것의 가치 기준 중에서 가장 중요한 것은 그 이상의 무엇이 있음을 깨달아야 할 때이다.

내 소견으로는 최소한도로 사나이는 꿈이 있어야 한다는 것이 지난 1년 동안의 생활에서 절실히 깨달은 중요성 중의 하나이다. 꿈을 잃은 일처럼 가엽고 불쌍한 인간은 또 없을 것이다.

아무리 강한 의지와 투지가 있다 해도 꿈이 없고 희망이 없이는 그저 맹목적인 의지와 투지밖에 없음을 삼척동자도 족(足)히 알 수 있는 일이다.

나 자신의 생활에서만도 고교 시절까지만 해도 나는 나를 자부할 만한 의지를 갖고 있었던 것은 틀림없는 사실, 그저 남이

의지를 가지라 해서 적선이나 하듯이 해서 얻은 의지는 의지라 할 수 없는 것이다.

뚜렷한 목표를 행한 정확한 방향을 잡은 의지는 그 스스로가 투지를 그리고 박력을 줄 것이 명백하다. 그것이 또한 인간이 지닌 하나의 독특한 성질이 아닐는지.

앞으로 나의 생활의 방황을 붙잡을 수 있는 치료책은 명약관화(明若觀火)한 일이다.

돌이켜 생각건대 확실히 나는 이렇다 할 꿈을 이 학교의 문턱을 들어서리라고 생각한 때부터 상실하고 있었다. 그저 막연한 어림셈으로 가졌던 꿈은 일종의 나 자신의 도피와 변명을 하기 위한 궁리라고 하는 것이 가장 옳은 평가라고 생각된다.

나는 타고난 성질이 뱃사람, 좋게 말해 마도로스의 체질과는 맞지 않는다. 그것은 어쩔 수 없이 내가 날 적부터 가지고 온 천부의 기질이며 또 스스로가 키워온 나의 성질이다. 체질상으로도 그렇게 우악스럽지 못하고 지나친 나의 선입견에서 오는 탓도 있겠지만 나의 윤리관은 그런 것들과는 너무나 큰 차이가 있다.

길지도 못한 인생길을 이런 속에서 보낸다는 것이 무척 아깝고 안타까운 사실이긴 하다. 하지만 지금의 현실이 나를 이곳에서 떠날 용기를 주지 않는다. 하기 쉬운 말로 박력이 없는 탓이다라고 해도 할 말은 없다. 그런데 인간의 본성은 환경에 적응하고 그것을 이용하는 데 있다고 해도 실언은 아닐 것이다. 그러기에 나는 박차 버릴 수 없는 현실 속에서 나를 적응시켜 보다 많은 자신의 성장을 갖기로 잠시도 생각지 않은 적은 없었다.

잘못은 바로 거기에 있었다. 생각, 그 자체만으로 어떤 가치나 소득을 준다고는 볼 수 없다. 'Thinking is doing.'이라는 말처럼 생각이 있으면 그 생각을 행하는 부지런함이 있어야 할 것이다. 그런 사실에도 불구하고 나는 그저 전자에만 그치고 만 생활을 계속해 왔음을 새삼 깨닫고 있다.

무작정한 실천처럼 어리석은 일은 없겠지만 실천하지 않는 생각과 계획처럼 허무한 것은 또한 없을 것이다. 생각이 있고 실천이 없었다면 그것은 훗날에 공허감과 허전감을 초래해 줄 뿐이다. 그렇기에 나는 이 순간 직전까지도 그 공허감과 허전감에 잠겨 허우적댔던 것이다.

인간은 순간순간을 살고 있는 것이라고 한다. 그래서 오늘 할 일을 내일로 미루지 말라는 것이리라. 하지만 순간순간의 모든 일의 처리는 일관된 확고한 신념으로 행해져야만 할 것 또한 확실한 일이다.

1969. 6. 17. 저녁

1969년 9월 8일

깊은 밤이다.

무덥던 여름도 이제는 adieu, 가을의 입장도 끝난 모양이다. 쌀쌀한 바람에 노출된 피부가 절로 움츠러든다.

창밖에는 귀뚜라미, 여치, 등등의 벌레들이 저희들 세상이라 울어대고 있다. 아니 힘차게 외치고 있다.

까만 어두운 창밖으로는 그저 어둠으로 일색, 그 많던 숱한 풍경을 송두리째 삼켜 버렸다.

찌들어졌던 나의 꿈들을 되찾겠다고 몸부림 아닌 안간힘을 써 왔던 시절은 이제는 무더위와 함께 떨쳐 버렸다. 힘차게 디딜 땅을 이제는 찾아낸 것이다.

너무나 넓게 펼쳐진, 너무나 긴 길이기에 이렇게 무디게, 느리게 걷기에는 어울리지 않는다.

가속(加速)해서 달리고 또 달림만이 극복의 길이리라.

사랑도 꿈도 이제부터는 모두 나의 것으로 남이 주거나 적선한 것이 아니고 억세게 휘어잡을 내 손아귀의 약탈이 될 것이다.

무엇이고 놓치지 않겠다.

순간순간의 기쁨과 계속되는 의지(意志)가 영원히 따라 주기
를.
　아니 따르리라 믿는다.

　"믿는 자 그대는 용기 있는 자이리라."
　믿자 그리고 달리자 꼭 붙잡고 말이다.

1970

一

붉은 태양의 서광 속에

13
– 회고

가만히 책상에 마주 앉는다.
숱한 상념(想念)의 파도는
숨 가삐 밀려오고

이지러진 푸르름 찾고파
애타던 무수한 순간순간은
모두가
서글픈 한숨 속에 사라졌고

새봄의 아지랑이
아롱댐인 양
움 트인 새싹들은
차디찬 서리의 빗발 속에
무참히 죽었소.

어리석음 깨닫고도
또다시 잠들어도
잊혀진 모든 꿈은
생생히 잠꼬대 되어오고

아픔을 피하려던
비겁은 아니건만
아, 아,
모두가 모두가 서러워라

참 속에 삶을 찾아
떠나려는 이 마음은 언제 언제까지….

1970. 1. 1.

인간은 내일에 산다

그러기에 오늘은 이겨야 하고 고독의 간사함을 잊고 떠나가 이겨야 한다.

모두가 모르는 것은 아닐 텐데도 인간 태반은 그들을 스스로 매장한다.

무수한 방황(彷徨)이 허무를 낳고

사치(奢侈)가

자신들의 기만과 가난을 조장하기만 한다.

'내일을, 미래를 먹고 살아가는 인간.'

그것에는 휴식도 쾌락도 한가함도 있을 수 없다.

아니 스스로 제거해야 할 것이다.

지금도 간사한 마음은 저 종로 거리의 번잡을 찾고 싶어 하고, 쉽사리 자신의 기분을 따라 웃으려 한다.

스스로 그것이 무엇을 의미하는가는 잘 알고 있으면서 차라리 모르고 있다면 이해와 아량의 여지가 있었지요.

나는 내일은 웃고 싶다.

비록 이 순간까지 내 감정에 지어오기는 했지만 좀 더 새로운 자신을 찾아 개발해야겠다.

남들이 만들어 준 세상에서 개 마냥 살아가는 것은 싫다.

내가 알선해 줄 세계 속에 인간을 키우고 싶다.

이렇게 추하고 더러운 인간사회가 아니라 좀 더 깨끗하고 서로 서로를 믿을 수 있는 세계 속에 모두를 묻어 그들의 때를 말끔히 씻어 주어야겠다.

먼저 나의 때부터 닦자.

좀 더 맑은 눈으로 세계를 밝게 그리고

좀 더 죄 없는 세계에서

서로를 이해하며 살아줄 수 있도록 말이다.

1970년 1월 19일 맑음

꿈속에 살다 죽어간 인간들은 그들의 꿈이 있어.

외롭지는 않았을 것이다. 꿈이 없어 서러운 사람들은 정말 무엇을 위해 살아왔을까?

잡다한 꿈으로 지새운 지난 3년을 돌이켜 생각하면 때로 너무나 초라했던 자신을 절감하지 않을 수 없다.

지나간 날의 지나친 집착이 스스로의 발전을 저해하고, 스스로의 방탕을 저울질하면 한숨뿐이다.

역시 인간은 꿈을 먹고 사는 벌레, 멋진 벌레다.

나 자신의 꿈을 가꾸어 가는 속에 나의 가치를 나의 땀을 찾는 보람을 가져야겠다.

앞으로 10년 후, 80년대(年代)에는 나는 31살이다.

앞으로 10년, 20대(代)에 나의 일생은 결정이 날 것이다.

틀림없다. 턱에 닥쳐온 나의 장래를, 인생을 꿈속에 키우려면 꿈의 세월이 흘러 나의 생활이 되게 지금부터 노력하자.

오늘 종일을 허송하고 돌아오는 차 안에서의 무수한 생각을 그저 잃고 싶지 않다. 적어도 내가 존재한다는 것을 먹고 자는 것으로서 의식하는 처참함을 갖지 않기 위해서 말이다.

단지 그런 소극적인 이유에서만이 아니고 좀 더 적극적으로 자신을 소유하는 인간이 되어야겠다.

　자기 자신을 사랑하고, 나를 자부할 수 있는 내가 되기 위해서 말이다.

　십 년 후 이 노트를 들출 때의 나를 나는 이 순간부터 키워야 겠다.

소고(小考)

　내가 살고 있는 이 사회는 자본주의 사회다. 자본주의 사회에서의 생활무대는 돈이요, 매개체로 넓혀질 수도 좁혀질 수도 있다.

　비록 짤막하게 정의를 해 보았지만 빈틈없는 사실이다. 누구나 시인하지 않을 수 없을 것이다, 그렇다면 자본주의 사회에서 나의 처지 개선 내지 나의 꿈의 실현의 길은 말할 필요 없이 자본 위에 나의 꿈을 키우는 길이다.

　현재의 정치 역시 돈의 영향에서 오는 세력을 무시할 수는 없다. 소크라테스의 맨발 시대는 벌써 아닌 줄은 알고도 남음이 있다.

　티끌이 모여 태산을 이루듯이 내가 돈을 모을 수 있는 길은 저축뿐임을 말할 것도 없다. 부유치 못한 가정에서 태어난 내가 부를 바란다는 것은 너무도 터무니없는 망상이다.

절제와 현실

너무나 확실한 뚜렷한 길이 앞에 놓여 있음을 피부로 인식할 수 있다.

지난날의 나를 돌이켜 생각해 보면 아직 요원한 이야기지만 이제부터 자신을 갈고닦아야겠다.

허탈 속에 질식하는 비참은 결국….

정직 속에 나의 길을 걸어, 토끼같이 빠르게, 거북이 같이 끈기 있게. 달려가야 하겠다.

지금의 나는 무엇하나 아는 것이 없지만 10년 후에는 누구보다 유능한 인간이 되어있어야 하겠다.

끝으로 나를 지켜보실 주님께 친히 살핌을 끊이지 마시기를 바랄 뿐이다.

1970. 1. 19.

1970년 1월 26일 맑음

겨울 날씨로는 무척 따뜻한 날씨이다.

이제 며칠 남지 않은 방학을 생각하니 무언가 조바심이 가슴 속 가득히 밀고 들어 온다.

방학 전에 가졌던 숱한 계획들은 모두가 생각대로 되어진 것이 하나도 없다.

방황(彷徨) 말자던 그 각오도 모두 외면한 채 어제까지만 해도 방랑자(彷徨者)의 sample이 되었었다.

눈을 뜨면 까만 새벽 아닌 아침이지만 좀체로 몸이 말을 듣지 않는다.

사내 녀석이 강한 의지(意志)를 그래도 지난날에는 자신(自身) 해오던 그런 시절이 있었는데….

잃어진 자신의 꿈을 새로이 키울 것을 가슴 깊이 새기고도 이렇게 어리석은 짓을 한다는 것은 정말 가증스러운 일이다.

뜨거운 피가 끓는 젊은이로서 젊은 날의 숱한 가능성을 모두 매장하려는 비장한 각오라도 섰다는 말인가.

진정 어리석은 자신을 더 이상 외면치 말자.

Arnest Hemingway가 말했듯이 이제는 '내가 갖고 있는 것만 생각해야' 할 시기가 아닐까.

아직 젊다는 말은 나 자신의 커다란 위안이 되는 것만은 사실이다. 하지만 젊기 때문에 빚어지는 숱한 실수를 어이 다 메꿀 수 있을는지.

정녕코 나를 나 자신을 아끼는 인간이 되어야겠다.

일 초를 아끼는 자가 일 분을 한 시간을….

너무나 허술했던 나 자신의 전선을 좀 더 참을성 있는 작전과 꺾이지 않는 용기를 가지고 재정비해야겠다.

오늘의 기쁨을 즐기기 위해, 억세야 할 80년대를 바라보며….

1970년 1월 27일 (화)

제법 일찍 일어났다.

hearing 실력을 늘리겠다고 AFKN을 들었다. 하지만 내가 알아들을 수 있는 것은 겨우 몇몇 단어에 지나지를 않았다.

지금도 쉬지 않고 흘러나오고 있는 팝송의 경쾌한 음률 속에 가사들은 제대로 알아듣지 못하는 채….

꿈을 가진 인간에게는 그 목적을 다하기 위해 가야 할 길들이 무척 많을 것이다. 영어, 학과, 교양 쌓는 길, 어학, 철학 등등.

모두가 방관할 수 없는 것인 줄을 잘 알고 있다. 그러기에 책상에 앉으면 눈 안에 들어오는 숱한 책들로 해서 무엇부터 어떻게 시작해야 할지를 몰라 안타까운 적이 적지 않다.

모두가 하나같이 똑같은 비중으로 혹은 더한 비중으로 밀려 닥쳐오는 것이다. 여기에 필요한 것이 결단성일 것이다. 나 자신에게서 가장 결여되었다고 해도 과언이 아닌 결단성이 작용해 주어야 할 때이다.

지금의 나의 상황에서는 아무래도 방학 과제가 가장 큰 문제가 아닐 수 없다. 닥쳐올 시험도 있고 하니 아무래도 그것부터 해결해야 할 일이 아닐까.

오늘 하루 역시 기쁨과 만족의 하루가 될 수 있게 꾸려가야 하겠다.

1970년 1월 28일

어젯밤 경렬의 집에서 보내고 왔다.

익수와 종일토록 소비했지만, 이 모두가 무의미함 속에서의 헤엄침이었다고나 할까. 텅 빈 주머니 탓일까, 위축감으로 행동 자체가 부자연스러운 듯했다.

집으로 돌아와 공부라도 했으면 했지만, 익수 녀석의 기분을 맞춰주기 위해 감정을 감추려 애썼지만, 점점 짜증스러운 생각과 권태감만 일 뿐이었다. 젊은이에게 주어진 시간을 좀 더 알차고 보람있게 보내는 게 자기의 소임을 다하는 것임을 깨달았다.

어스름한 다방의 조명 속에서 찌들어진 담배 연기, 시끄러운 pop song을 듣는 것이 요즈음의 생활 전부인 양했지만 모처럼 시간을 무료하게 보낸다고 생각하니 마음이 언짢았다. 결국 며칠 동안의 피로를 몸에 감싸 안고 집에 들어와 떨어지고 말았다. 방랑(放浪)이 가져다준 피로.

지난날의 기억이 모두가 생생하게 가슴속에 도사려 있음을 다시 한번 의식(意識)했다. 그렇게 속을 썩인 가시내가 쉽사리 잊히지 않는 것은 당연한 일일 수밖에.

어쩔 수 없이 느껴지는 자신의 부족(不足)으로 인해 잠깐의 담소(談笑)조차 가질만한 마음의 여유를 갖지 못하고 아쉬움을 남긴 채 돌아서고 말았다.

1970년 1월 29일

이 몸은 가만히 집에 앉아 있을 만한 몸이 되질 못 하는가 보다. 재성이 형이 찾아와 같이 외출했다.

그 형이 부산에서 종종 찾아오긴 했지만 한번 만나보지도 못했던 것이 미안했기도 하고 그냥 보내기가 섭섭하기도 했다.

형이 구해준 옷감으로 출생 신고 후 처음 옷을 맞추러 갔다.

Han's Tailor.

그래도 친척이라고 반갑게 맞아 주는 것이 반가웠다.

나를 못 알아보실 줄 알았는데 곧 알아보시더군. 역시 혈연이라는 것은 무시할 수 없는 모양.

오래간만에 동창을 만났다. 언제 만나도 서먹서먹한 기분이들지 않는 좋은 녀석들이다. 모두가 자라난 지금은 역시 사랑하는 여인에 관한 이야기….

내가 약간 늦은 듯한 생각이 들기는 하지만 역시 녀석들의 생활무대가 나보다는 판이한 점을 새삼 느끼게 되었다. 하나둘 늘어가는 어제의 연륜의 덕이리라.

정신없는 분망 중에 하루를 보냈지만 오래간만에 기분이 무척 양호(良好)한 편이다.

이것이 새로운 대화에서 오는 만족인가.

1970년 2월 1일

벌써 70년의 한 달이 지나가고 새로운 달이 시작이다.

주머니 사정도 그렇고 이렇다 할 약속도 없고 해서 집에 있기로 했기에 이렇게 있기는 있다만, 무엇 하나 손에 잡히는 일이 없다.

다가오는 개학일로 해서 공부를 해야겠는데도 통 마음이 내키지를 않는다.

오전 동안은 TV, 그 후로는 낮잠.

이제는 잠도 질려버려서 그저 밀려오는 무모가 지겨울 뿐이다.

부질없이 보내버린 날들에 대하는 허탈한 참회와 닥쳐오는 개학에서의 착잡한 심신 무기능한 상태. 무엇하나 흥미를 주거나 기꺼움을 주는 것이 없다.

좀 더 신선한 사고(思考)와 자료(資料)를 찾지 못한 데서 오는 지루함일까. 모두가 나 자신이 찾아낼 수 없는 무의미(無意味)의 생활 속의 목적 때문일까.

무변 일색(일색)의 결단성 없는 행동(行動)에 대한 자책(自責)으로 인해 가슴속이 한참 아프기만 할 뿐이다.

무엇 때문에 정녕코, 무엇 때문에 내가 이런 속으로 밀려들어

가고 있는지 통 알 수가 없다.

　우유부단함을 탈피 못 하는 자신을 이제는 부끄러워할 줄 아는 인간이 되자.

　무엇보다도 자신을 남들의 웃음거리가 되지 않도록 말이다.

　무엇을 위해 내가 살아가는지를 먼저 생각하고 무엇을 위하여 내가 걷고 있는지, 달리고 있는지를 잠시도 잊지 말고 생각해야겠다.

생각하는 갈대

사람은 생각하는 갈대라고.

그렇다면 내가 가져온 생각의 모든 주체는 물론 나 자신이었어야 했을 것이다. 그런데도 나는 과연 내가 가졌던 숱한 사고(思考)의 진정한 주인이 되었던 적은 한 번도 없는 것은 물론 인간의 생각이 그 자신의 특유의 자연발생적인 것이 될 수 없음은 말할 필요도 없다.

듣고 읽고 보고 한 모든 것의 융합체에서 솟아오르는 샘과 같은 것일 게다.

그렇다면 내가 보고 듣고 읽은 것은 무엇이었기에 지금까지 나를 이렇게 이끌어 온 것일까?

인간 누구나 자기 자신에 만족하는 사람은 그리 많지 않을 것이다. 하지만 지금의 나는 정말 어처구니없고 어디에도 쓸모없는 쓰레기밖에는 되지 않을 것 같다.

무엇 하나 자신의 올바른 생각에서 행동한 것이 과연 있었던가?

요즈음의 생활을 보면 한숨이 나올 뿐, 과거가 있기에 현재가 있으며 또한 현재가 미래를 낳는다.

나 자신의 과거는 어떠했기에 이다지도 무능(無能)한 자신을 느껴야만 하는 것일까.

타고난 환경이 구차했던 탓일까. 아니 반드시 그렇지는 않을 것이다. 이 세상에 살아왔던 뭇 영웅들이 모두 환경이 좋았던 것만은 결코 아님을 잘 알고 있지 않은가. 결국 자신의 마음 자세와 그 처지를 이용한 방법과 투지의 다소(多少)에 있는 것일 게다.

나 자신을 아직은 사랑하고 있기에 훗날 자신을 꿈꾸는 것이 결코 어리석거나 부끄러운 일이 될 수는 없을 것이다. 비록 현실 속의 나는 쓰레기나 벌레와 같다고 해도 달이 가고 해가 바뀌고 나 자신의 나이테가 하나둘 더 해 간 뒤의 자신을 꿈꾸지 않을 수 없다.

자신을 사랑할 수 없는 자(者)는 남도 사랑할 수 없는 자라고 한다. 그러기에 사랑에서 생겨나고 사랑 속에 사라져갈 자신을 가꾸기 위해서는 먼저 자신을 사랑할 수 있는 사람부터 되어야 하겠다. 그렇다고 과대망상에 사로잡혀 자신을 가치 이상의 가치를 부여하는 어리석은 짓을 해서는 안 되겠지만, 자신을 열등감 속에 사로잡히게 하는 것 역시 금(禁)해야 할 일이다.

나 자신을 돌이켜보면 대체로 열등감 속에 잠겨 자신의 가능성을 무참히 짓밟아 온 것 같다.

고등학교 시절까지는 그래도 주위에서나 나 자신도 그런 대로 자신을 신뢰했었다. 그러나 대학입학 후로는 남들은 둘째치고라도 나 스스로가 가져온 사고방식(思考方式)을 탈피 못 한 탓으로 열등감 속에서 벌써 2년 남짓한 세월을 허망하게 보내고 말았다.

종살이에서 우려

현실이 쓰라리면 쓰라릴수록 그것의 탈퇴를 위한 조치로써 좀 더 강인한 투지와 의지가 필요했을 터인데 나는 너무나 낙오된 생활을 영위해 왔다. 이제는 지나간 일인데 후회해 보아야 회의만 누적될 뿐이다.

새로운 창조를 위해 노력해야 할 젊음이 정열을 더는 헛되지 않게 곱게 간직하여 아껴 써야 할 때임을 새삼 느끼게 된다. 노력 없이 땀 없이 이루어지는 것은 하나도 없다.

생각하는 갈대, 생각 없이 행동하는 것은 이미 인간의 진리와 의무를 모두 상실한 그것으로밖에는 볼 수 없다. 철없이 뛰어노는 어린아이들에게도 그들 나름 대로의 가치에 준한 생각에 따라 뛰기도 하고 때론 싸우기도 한다. 자기 생각을 그저 외면하고 모른 척 비겁함을 갖지 말고 좀 더 과감(果敢)히 결단하는 생각하는 갈대가 되어야겠다.

스스로의 사랑을 위해서는 먼저 자신을 사랑하고, 나아가 모든 인간을 사랑하는 것이 결국은 자신을 사랑하는 길임을 깨닫는다. 자신을 속이는 자처럼 비겁하고 어리석은 자는 없다. 나 스스로는 눈 감아온 순간들을 상기(想起)하여 또 다른 비애(悲哀)를 맛보지 않도록 하자.

나약한 자신의 마음을 길들여 사나이다운 사나이의 삶을 살

자. 진실은 진실일 수밖에 없다.

　타고난 자신을 깨달아 때 놓친 허덕임을 하지 말도록 토끼처럼 빠르게 거북이처럼 끈기 있게 달려가자.

1970년 2월 1일

一日三省
一日一新

이불속에서

1970년 3월 11일

고운 음률로 경쾌하게 귓전을 울려주는 Humoresque에 겨우 이불속에서 헤어나올 수 있었다.

지난날의 자신을 되돌이켜 보기 위해 일기장을 처음부터 쭉 정독해보았다.

결론은 지나친 나 자신의 집착에서 오는 어쩌면 병적이라 이야기해도 좋을지 모를 열등의식 및 과도한(?) 자기비판이라고 하는 것이 빈틈없이 작용하고 있음을 느끼게 됐다.

물론 비판과 사고 없이 자기 자신을 어떤 울 속에 가두지 못할 것이다. 하지만 나는 지나치게 나의 울을 두껍게 가지고 있는 것 같다. 그로 인해 융통성 없는 자기 자신을 빚은 결과를 초래한 것같이 생각됐다.

그것 또한….

1970년 4월 21일 (화) 맑음

　요즈음의 모든 생활에서 일어나는 모든 일을 그저 간과하기에는 너무나 낱낱의 일들이 가슴속 깊이깊이 찌르고 있다.

　일요일 아침에 겪었던 고통.
　월요일 밤의 부조리, 분열(分裂)

　모두가 서글프게도 나 자신의 처지를 되새겨보게 해주고 있다. 고통 속에서 나는 나를 어서 키워야겠다는 생각을 분노 속에서 찾아내었다.
　모든 일에 선악의 기준은 자신의 판단 여하에 있었겠지만 나 자신을 깊숙이 밀고 들어온 것은 오로지 그것에의 결론밖에는 없는 것 같다.
　쓸데없는, 정말 어처구니없는 비굴한 자신을 느끼게 하는 모욕을 견디기에는 아직 젊다.
　이제는 모든 것을 정지상태에 두고 싶을 뿐이다. 아니 내가 성장했을 때까지 다시는.
　생각 부족과 자신의 억제가 너무나 없었다.
　이것이 현실에 비춘 가장 솔직한 재현(在現)임을 새삼 깨닫게 되었다.

그렇기에 생각 있는 인간이 되자고 발버둥 쳤지만 나는 역시 바보였다.

가장 못난 바보, 어처구니없는 멍청이, 속없는 칠뜨기.

이제까지의 재흥이는 어제 죽었다.

죽었다, 죽었다, 죽었어.

이 순간부터 From Now

지난날의 모든 것에의 집착이 어제의 나를 이끌어 온 것임을 잘 안다.

그렇기에 나는 이렇듯 서글퍼 하고 있는 것이다.

남보다 많은 꿈에 살았고 남보다 모자란 힘에 살았고 남보다 허망한 사고(思考) 속에 살았기에 진정 지난날은 모두가.

자신의 지난날을 돌이켜보며 일종의 자위를 찾던 그 비겁.

그것이 바로 모든 것의 기원.

생각하면 할수록 그것은 새로운 마음의 공허만을 더 늘려만 갔다.

지난날의 모든 일은 결코 칭찬할 것이 없다.

그저 한가지 지금의 생활에서 구하고 되찾고 싶은 것이 있다면 노력의 의지뿐일 것이다.

자신을 새롭게 해야 할 시기이다. 누군가가 나를 들추고 나를 저울질한다면 나의 가벼움에 그만 그의 노력의 어리석음을 비웃고 말 것이다. 나를 저울질하게 해서도 안 되겠지만 무엇보다 중요한 것은 결단과 내려진 단안에의 노력의 발길을 굳건히 빠르게 하는 것이다.

내 생의 열림을 막 바라보게 되는 시기에 어떻게 어처구니없을 수 있을까?

또 다른 회의에 잠자기 전에 모든 것의 기초를 닦자.

진정 얼마나 귀한 시간이냐, 얼마나 좋은 환경이야.

얼마나 밝은 마음이냐, 얼마나 생생한 머리이냐.

지난날의 모든 것은 이제 끝임을 또다시 역설하면서 이 순간부터의 나는 이렇게 살아야 함을 맹세한다.

1. 필요할 때는 정(情)도 잊는다

2. 시간(時間)의 최대(最大) 선용

3. 신중한 행동

4. 의지(意志)의 자각(自覺)

5. 요(要), 불요(不要)의 인식(認識)

6. Time is money and energy

1970년 4월 24일

또 며칠이 흘렀다.

이제야 모든 일이 한둘 해결되어 가는 것 같다.

나의 발전의 토대를 쌓는데도 나 자신의 의지밖에는 그 무엇 하나 가진 것이 없다.

쓸데없는 우정(友情)이란 글자.

진정한 의미에서의 우정이 이런 것은 아닐 게다.

서로의 감정을 숨긴 채 그저 마냥 공전만 하는 그런 억측에는 이제 권태만이 누적될 뿐이다. 보다 참신하게 살아가는 생활 태도가 필요하다.

젊은 시절의 황금 시간을 건강을 이렇게 뿌얀 도심의 대기와 음침한 다방의 조명 속에서 흘리기에는 너무나 값진 것이었다.

사나이의 가슴에 싹터오는 가냘픈 정(情).

잠식해 오는 모든 욕망을 아무런 준비 없이 그저 잡기에만 급급하다 보면 허무하기 그지없을 게다.

자신의 처지를 좀 더 잘 깨달아야지.

모든 일에는 자신에의 신뢰감과 인격이 필요하다. 이 순간에서 나는 나를 신뢰할 수도 없으면 내 인격을 자부할 수도 없다.

이제 내가 바랄 것은 시간의 흐름 속에 메워질 나의 부족(不足)한 학식과 인격(人格)뿐임을 안다.

순간순간을 깊이 생각하여 행동에 경(輕)치 말자.

남가좌동에서

1970년 4월 28일

오랜만에 이렇게 집에 앉아 있으니 온몸이 쑤시고 마음이 안정되지를 않고 자주 도심(都心)을 쫓는다.

이것도 병(炳)이 아닐 수 있을까, 이름하여 향도심(向都心).

무료하게 보내지는 시간을 안타깝게 아쉬워하면서 그것으로 향하는 집념(執念)이 너무나도 박약하다.

인간에게 가장 귀한 것이 무어냐고 묻는다면 서슴지 않고 자기 자신을 신뢰하는 것처럼 비참한 일은 없으리라. 적어도 한다면 할 수 있는 자신을 가질 수 있는 마음의 자세는 있어야 하겠다. 한데 요즈음 생활 속에서 너무도 부조리하고 무신조한 나 자신을 볼 때면 차츰 잠 속으로 밀려들어 가는 것을 부인할 수 없다.

스스로가 집에서 침착하게 공부나 하자던 마음이 잠시라도 밖에 나갈 수 있는 구실을 찾기에 너무도 조급했었다.

어쨌든 이제 저녁이 되니 겨우 마음의 침잠을 찾을 수 있게 되어 이렇게 적게 되었다.

좀 더 사나이의 의지를 찾도록 해야겠다.

하루하루의 시간으로 나를 길들여 가야 할 것이다.

필요할 때는 모든 것을 중지할 수 있는 결단력이 있어야 한다.

나, 나를 신뢰할 수 있도록 하기 위해서 말이다.

150

1970년 6월 8일 맑음

정신없이 지내는 동안 벌써 한 달 반의 세월이 흘렀다.

나에겐 생각하기를 꺼리는 근성이 있는 모양이다. 때로는 그래도 자부(自負)하고 싶을 정도의 이성(理性)을 느끼면서도 이렇게 막상 무언가 부조리(不條理) 속에 휩싸여 어쩔 수 없는 일엽(一葉)편주의 꼴이 되고 있으니….

이렇듯 외국에 나와 있은 지도 20일 되어가는데 그동안 책상에 한 번 앉아 볼 마음의 자세가 없었다. 지나치게 연약한 자신의 마음의 자세를 어떻게 길들여야 할지 그저 안타깝기만 할 뿐이다.

'호랑이 굴에 끌려 들어가도 정신만 차리면 산다.'

또다시 어리석은 나에게 마음의 채찍을 들어야겠다.

인간은 환경에 좌우되는 것 같다. 다만 그렇게 되지 않으려고 하는 건 인간 부적당(不適當)의 자세일 것이다. 하지만 지나간 사람들의 이야기 속에서, 거짓이 태반이라 할지라도 우리의 생활 교훈을 얼마든지 찾아볼 수 있었고, 자신도 그렇게 되고 싶은 부의 염(念)을 품은 적이 한두 번이 아니었다.

인간은 생각하는 갈대인 동시에 행동하는 동물임을 또다시 새겨본다.

151

시&
수필

一

가

로

수

가로수

4월의 늦봄이 초여름을 알려주듯 이제는 제법 옷에 무게와 따사로운 햇볕으로 해서 한낮의 발걸음이 짜증스러워지고 있다.

이제는 별로 신경이 쓰이지도 않게 되어버린 고층 빌딩들이 틈만 있으면 솟아나는 서울의 낮 거리는 자동차의 매연과 오랜 가뭄으로 인해 호흡을 가누기 힘들게 하는 적이 한두 번이 아니다.

이렇게 분주하고 어느 한 곳 시선이 막힘없이 한껏 쭉 뻗어나갈 곳이 없이 되어버린 비좁은 서울 거리에서는 따가운 햇살이 내리쬐는 낮시간에는 잠시라도 쉬어 갈 그늘을 늘 찾게 되곤 한다.

아직 희미하게 기억되는 어린 시절, 더운 여름날 꼬마들과 노변(路邊) 가로수 밑에서 딱지치기 등 숱한 놀이를 숱하게 많이 했다. 또 나무로 지지해 놓은 바구니 밑에 쌀을 뿌려 놓고 참새를 잡겠다고 대어 들던 일들.

그런데 이런 놀이가 너무 짧은 세월 동안 너무나 먼 옛날이야기가 되어버린 것만 같은 기분이다.

풍성한 오뉴월의 가로수 나뭇잎 속에서 지저귀던 통통하게 살찐 참새들을 이제 찾아보기란 정말 힘든 일이 되어버렸다.

어린이의 입에 오르내리던 참새는 이제 거의 우리의 귀에는 새로운 단어인 양 들려오는 것이 상례(常例)이다.

발달한 문화와 기계문명이 우리 인간의 마음 자체를 살벌하게 해준 대가라고밖에는 생각할 수 없다.

하지만 더욱더 기계화된 문화국이라는 선진국을 담은 사진과 그림 속에는 그들이 숱한 짐승들과 어울려 아주 재미있게 평화로운 분위기 속에서 즐기는 건 흔한 풍경이다. 물론 그들은 우리보다는 안정된 생활 속에서 여유 있는 삶을 즐기는 것은 너무나도 잘 알고 있는 사실이다. 그러기에 그들은 우리처럼 그렇게 똑같이 참새사냥에 나서지 않아도 살아갈 수 있는 것 또한 자명한 일이다. 인정 많고 자연을 사랑한다는 우리나라에서 그렇듯 참새잡이를 한 사실에 한번 또 놀라지 않을 수 없다.

어린이의 나무 새총은 차라리 애교스러운 정도이다. 묵직하고 겁나는 사냥총이 등장한 건 적지 않은 세월이기는 하다. 어린이의 나무 새총에 재수 없이 얻어맞아 한둘 떨어지던 참새들은 사냥총의 위력에는 힘없이 우수수 의좋게 이 세상을 함께 하직하게 되어버렸다. 이제는 이 땅에서는 몸 둘 곳을 찾지 못하게 되어 버린 모양이다.

우리에게 가로수의 가지 속에서 혹은 뜨락에서 햇살 밝아오는 아침이면 운치 있게 재잘대던 참새들을 이제는 아주 보기 힘들어지고 있다.

사냥을 즐기는 친구들의 이야기를 들으면 참새를 잡으려면 이제는 꽤 깊은 산속을 뒤져야 한다고 한다.

가뜩이나 문명의 행패 속에서 무감각하게 되어버리고 워낙이

나 바빠진 우리들의 생활에서 이제 무성한 가로수의 나뭇잎 속의 참새들을 귀찮은 존재가 돼 버렸는지는 모르겠다.

때로 오뉴월의 가로수를 문득 바라보노라면 작열하는 태양의 햇볕에서 힘에 겹게 보이는 나무들이 벗없음을 서러워하는 것 같은 표정을 보는 듯하다.

이제 뻗어가 솟아오르는 고속도로와 고가도로의 길섶에 서 있는 가로수에서 향수를 찾기에는 너무도 무감각한 우리들의 마음이기는 하지만 때로는 이 도시의 개화된 분위기 속에서 자연의 운치를 즐길 수 있는 여유를 가질 수 있게 되었으면 하는 마음 금할 수 없다.

등대

어둠의 아우성 속으로
줄무늬 져 간
등댓불 한 가닥

외로움 등진
나그네의 호소인 양
마냥
애처로움만 낳고

돌풍(突風) 속에 앗긴
무수한 영들은
종내 못다 한 삶이
흰 구름 어렴풋이 비추이고

짓궂은 심술에
조각진
뭍 여인(女人)의 꿈을
서글피 되 안겨주고

이끼 낀
암초 위의 퇴색한
등대는
따가운 햇살 속에
초라하기만 하다

붉게 충혈된
눈들은
희미한 등댓불에
차가운 키를
더듬어 잡는다

등대
너는 숱한 사연의
증거자여라
아니
묵묵한 침묵자여라.

1969 .10. 8

158

화단

5월을 막 앞둔 한낮의 햇살은 마냥 눈부시기만 하다.

하루하루의 생활을 그저 메우기에 지친 나는 방 안의 갑갑함을 견디다 못해 마당으로 내려섰다.

기다리기에는 지친 나는 우체통을 열기마저도 짜증스러워졌다. 하지만 또 열어보았다.

오전 11시(時)가 지났으니 우체부가 다녀갔을 시간이다. 또 보기 흉한 녹만이 눈에 띌 뿐 텅 빈 편지통이다. 꽝 소리가 나도록 닫아버렸다.

큰소리라도 쳐 봤으면 하고 생각해 본다.

기지개를 쭉 펴 본다. 한결 속이 후련해진 기분이다.

시선이 떨어진 곳에 삭막한 화단에 한두 줄기 파랗게 솟아오른 백합 싹들이 눈에 들어온다. 오랜 셋방살이 끝에 오래간만에 갖게 된 우리 집 화단이다. 제법 희망에 차 양쪽 담 밑의 합쳐서 2평 남짓 화단에 흙을 떠 와 조금 돋우고 꽃씨들을 사다가 뿌렸다.

그때가 식목일이었으니까. 지금쯤은 싹들이 한참 커야 할 때이다. 한데 길 쪽 화단은 그래도 햇볕이 오랜 시간 비추는 탓으로 가느다란 새싹들이 보기에도 가냘프게 빽빽이 나왔다. 한데 옆집에 접한 화단은 햇빛을 별로 받지를 못한 탓인지 백합 싹과

한두 개의 싹이 겨우 비집고 나왔을 뿐이다. 똑같은 시기에 똑같은 씨를 두 곳에 나누어 심었는데 이렇게 차이가 난 것이다.

무언지 모를 것이 가슴속에 느껴졌다.

왜?

오늘부터는 옆집에 접한 꽃밭에 많은 물을 뿌려 주기로 했다. 그곳에 묻혀 있는 씨들에게 미안한 감이 들어서이다. 언젠가는 그들이 솟아 주어야 할 텐데 하는 걱정이 왜 그런지 자꾸 확대되어 온다.

1970. 4. 30

나의 처세론
−쇼펜하우어의 『처세론』 독후감

　고등학교 시절부터 조금씩 수박 겉핥기식으로 취급해 오던 철학에 나는 은연중에 퍽 호기심이 가고 꼭 해 보고 싶은 학문이다.
　그런데 어제 막상 철학의 문턱에 서보는 나로서는 처음 읽게 되는 쇼펜하우어의 『처세론』에 무척 기대하면서 한 문장 문장을 조심히 읽어나갔다.
　막상 몇 page 읽은 첫 느낌은 생각보다 평이한 문장으로 되어 있었다. 책 머리말에서도 언급된, 이것이 쇼펜하우어의 특징이로구나, 라고 생각했다.
　철학 서적을 단지 한번 읽고 나서 소감 운운(云云)하는 건 어찌 생각해 보면 주제넘은 일인지도 모른다. 또 나에게도 힘에 겨운 일이다. 무모한 짓일 것으로 생각이 되지만 그런대로 대충 하나의 나를 키우는 끈이라 생각하고 소감을 적어본다.
　전반부를 쭉 읽어나가는 동안은 모두가 새롭고 청신함을 주어 읽기에 별로 힘들지 않았다. 그러나 전반부를 읽고 난 뒤에 내 뇌리에 남은 건 '자신' '고독'이란 두 낱말뿐이었다.
　"우리들의 행복에 이바지하는 대부분은 사물에서 비롯되기보다 오히려 자신에게 기인(起因)하는 것이다."로 시작되는 「참된 자아에 대한 그의 지대한 이론은 언제부터인지 내가 항상 (게르로 토루스의 인용문)을 문제 핵심으로 생각하게 된 뒤에 갖는 세세한 이론이기에 무척 반갑고 관심이 커갔다.

"옥 같은 환경 속에서 인간들은 그 모두 각기 그들의 꿈에 잠겨 만족도 하고 회의를 품기도 한다. 그러기에 나는 행복한 생활 속에서 살아가는 첩경은 나 자신의 마음을 가다듬는 것이 될 것이다."

인간의 행복은 외부적 요건을 받아들이는 감각자의 감각 즉 자신의 참된 자아에 달린 것이다. 행복을 느끼기 위해서는 자신의 인격을 길들이고 닦아가는 길밖에는 없다. 인격은 인간 자신의 선택 문제가 아니고 자연, 신이 부여해 준 불변 요소이다.

고로 고도의 인격을 부여받은 자들만이 참 행복을 소유할 수 있다. 그리고 대개의 인간을 백일하에 드러내 보이면 하나의 우물(愚物)에 지나지 않으며 백의 하나도 되지 않은 정신력 높은 인간을 접하는 것은 무척 힘든 일이므로 인격 높은 자(者)는 인간을 정할 때 불호를 느낄 수밖에 없으므로 해서 그들 대개는 고독을 찾게 된다.

'고독'은 자신을 가장 적나라하게 접하게 해주는 첩경이고, 자신의 사고를 결코 아무런 장애 없이 마음껏 즐길 수 있게 해주는 통로이다. 사교(社交)를 통한 모든 인간관계는 대개 만족보다는 불쾌감을 안겨준다. 즉 '고독'은 참된 자아를 성장시켜 주는 첩경이며 높은 지력을 가진 자들이 행복을 찾을 수 있는 또 유일한 수단이다.

그러므로 우리 인간들은 우매한 속물들 속에서 무엇을 기대하기보다는 인격을 키우고 참된 자아를 즐길 수 있는 혼자만의 시간을, 고독의 시간을 갖는 게 보다 나은 행복한 생활로 이끌어 줄 것이라고 이야기하고 있다.

계속해서 읽어나가는 동안의 기분은 무척 착잡하였다. 그의 이론에 어떤 반박할 수 있는 요소를 찾아내지 못한 데 대한 안타까움에서일 것이다.

그는 계속 펼쳐진 이론 속에서 어디까지나 정신력 높은 자(者)들만이 행복을 느낄 수 있는 특권자로 이야기하고 있기에 평범한 인간이 그의 말을 빌리자면 단지 하나의 우물(愚物)일 수밖에 없는 자신이 무엇을 알아듣고 이해할 수 있을까 싶었다. 천부의 인격을 좀 개조할 수 없는 것일까 하고 궁리를 하는 도리밖에는 할 일이 없었다.

중반부로 접어들면서부터는 물론 인간적인 습성이 오는 것을 무시할 수는 없겠지만, 어쨌든 일관해서 느낄 수 없었던 것은 솔직한 표현을 빌려 한마디로 말한다면 지루함과 권태로움이었다고 할 수 있겠다.

반복되는 평범하고 무변한 사상성이나 문체에서 보는 그것으로 생각하는데 이러한 감은 일컬어 양서라 하는 고전을 읽을 때 내가 항상 느낄 수 있는 공통성은 예외 없이 이 책에서도 느낄 수 있었다.

물론 이 책이 내가 읽어나가거나 그것을 인식하여 내것화하는데에 소비한 노력이 힘에 겨워진 탓이라고 만은 생각하고 싶지 않다.

어떻게 생각하면 내가 그러한 명성 있는 양서들을 대할 때 갖는 기대라 항상 아직 부족한 자신의 지식(智識)으로 인해 잘못 왜곡된 것인지는 모르겠다.

평범 속에 진리가 있다고 하는 말이 있고 또 무슨 말인지도 알지만 한마디로 말해 심오한 그 어떤 것을 이 책에서 찾아낼 수 없었던 것이 퍽이나 아쉽다고 느껴지는 것은 어쩔 수 없다. 하기야 순수 철학적인 면만으로 구성된 것이 아닌 처세론이기에 그렇게 쓴 것인지 알 수 없으나 지극히 평범하고 수학 공식적인 이야기들밖에는 내 마음속에 받아들여지지 않는다.

처세란 것은 어디까지나 어떤 면에서는 자신의 철학이라 해도 좋을, 자신의 신조를 책 속에 행하는 각인의 행위라고 생각하면 아직 이렇다 할 철학 사고가 성장치 못한 내가 그 철학의 진가를 대하고 싶은 마음으로 이 책을 대한 것이 가장 잘못된 요인의 하나이리라고 생각도 해 본다. 하지만 나와 같은 젊은이에게는 이러한 예술적인 어떤 사항을 요목조목 들어 수학의 증명하는 것 같은 인상을 주는 처세론 보다는 좀 더 순수한 철학에 자신을 이끌어 드리는 것이 훨씬 좋았으리란 생각이다.

또 처세론 속에서 부지불식간(不知不識間)에 느낄 수 있는 모순성을 보이는 듯했다. 하기야 어디까지나 세상을 살아가는 방법이니까. 그때그때 사정에 따라 처신하는 것이 많은 것은 사실일 게다. 하지만 한 예를 들어 같은 타인(他人) 대한 처세론에서 (31)과 (37)에 나온 것은 좀 지나치는 데 있다.

(31)에서 '남은 자기의 거울이며, 이 거울에 이해에서만 자기

의 모든 부정, 결함, 악습 및 죄악을 분명히 느끼게 되는 것.'이라고 이야기하면서 우리들의 결함과 거동을 고쳐 나가는 한 수단으로서 남들의 거동과 그들의 모든 행동을 냉혹하게 비판하고 엄한 마음의 자세를 갖도록 촉구하고 있다.

반면에 (37)에서는 '자신의 모든 행위에 대하여는 결코 남을 본보기로 하여서는 안 된다.' 하고 이유로는 사회적인 환경과 처지 및 각인의 성격의 이질성(異質性)을 들고 결론적으로 어디까지나 자기 자신의 본성에 입각하여 사리(事理) 판단을 잘해 독창적인 행위를 할 것을 이야기하고 있다.

그런데 전자에서는 남을 본보기로 하고 후자의 경우에는 그것을 방지하고 있는 것이 어딘가 아이러니컬하게 들려진다고 할 수밖에는 달리 표현할 길이 없을 듯싶다.

인간 자체가 모순 덩이요 천박하고 사리사욕적인 요소라고 이 책에서 이야기해 오고 있는 작가의 견해를 모르는 바는 아니지만 말이다.

때론 지나치게 우리를 비굴하게 이끌어 가게 하는 것 같은 느낌도 있다. 우리 속담에도 '똥이 더러워서 피하지 무서워서 피하느냐는 식의 것이 있기는 하다. 하지만 이 처세론 속에서 인간을 하나의 오물시하고 그저 그것이 가장 잘 융화, 화합하여 살아가는 길을 그것의 외면 내지는 무시로 넘기게 하도록 전수하고 있다.

이 점에서 쇼펜하우어는 그 스스로가 정신력 높은 하나 철인이기 전에 인간인 것을 망각하고 있는 듯한 인상을 강하게 주고 있다.

철인 누군가가 초인(超人)주의를 부르짖었다고 하는 말을 들은 기억이 있다. 이 처세의 글 역시 우리를 평범한 인간에서 다루는 게 아닌 초인교육을 한다는 듯한 냄새를 풍긴다.

우리 생활 속에 진실을 불어 넣어주고, 우리 인간의 개화되지 못한 정신면을 계몽시켜 주는 것이 어떤 경우에서는 철학의 가장 큰 사명이 아닐까 생각하는 나로서는 퍽이나 섭섭한 마음을 금할 수 없었다.

쇼펜하우어는 염세주의 철학자이기에 너무나도 지당한 이야기가 될지는 모르겠다. 하지만 인간의 허점과 사악한 점을 보았다면 그것을 개화해 나가야 하는 일이 인간으로서의, 인간 자신들이 해 나가야 할 커다란 과제가 아닐까?

나는 어려서부터 성선설을 잘 알지도 못하면서 옳다고 생각해 왔다. 아직 철이 없었을 시절(지금도 철이 없기는 하지만)에는, 그저 왜 그런지 인간은 좋을 것으로 생각했으며 또 그렇다고 생각해 왔다. 차츰 자라나서 어린아이들이 지나치게 자기중심적으로 지극히 이기적인 면을 보고는 성악설에도 어느 정도 일리가 있구나, 라고 생각했다. 하지만 그것은 무지(無智)의 소산이라고밖에는 볼 수 없었다. 비록 성악설이 옳고 성선설이 그르다 할지라도 그 인간의 악함을 그저 방관하는 태도에는 찬사를 보낼 수 없다.

인간사회가 발전해 나아가고 그로 인해 내가 살아가고 있는 이 사회를 좀 더 밝게 하기 위해서는 그것은 고쳐 나가는 용기가 있어야 할 것이다.

이것은 내가 철인이 아닌 범상한 인간이기에 그럴 수밖에 없는 것일까?

후반부에서 내가 느낄 수 있었던 것은 투철한 염세주의적인 것과 초탈주의 같은 것을 느낄 수 있었다. 인간 세상이 허무하다는 결론 속에서는 그러한 결론 밖에는 나올 수 없는 것은 확고한 사실이다.

끝으로 책을 읽으며 강하게 느낀 것은 그의 관찰이라든가 이론 전개가 역시 그것이 철인의 특징이기는 하겠지만 무척 세세하고 예민하다는 것이었다.

역시 올바른 세상을 보는 데는 보다 예리한 관찰력이 필요하고 그 길을 키울 수 있는 정신력이 뒤따라 주어야 하겠다고 생각되었다.